文學新象 214

去問愛麗絲

Go Ask Alice

佚名（Anonymous）◎著
李建興◎譯

高寶書版集團

好評如潮的當代經典

這本給青少年的傑出作品是融合驚人寫實與優質文學的文件紀錄。

——紐約時報

所有青少年與家長都該閱讀的一本書。

——波士頓環球報

青春期的折磨和煎熬，很少像這本佚名吸毒青少女的經典日記般清晰地被捕捉……出版後超過四十五年來，已對數以百萬計的讀者造成深刻的衝擊……至今仍對逐漸失控的青少年生活提供了驚人的紀錄。

——亞馬遜網路書店

一本必讀好書，一旦開卷幾乎無法放下……這個時代年輕人永恆困惑的回音，又因為大多數青少年嗑藥的可怕新聞因素而更加嚴重，而本書簡明地一窺在這個漩渦中的感受。

——出版人週刊

這本日記形式的小說強烈地描述青少年的迷惘。衝擊力無法小覷。

——學校圖書館期刊

感人的故事……對毒品文化中的生活尖銳又露骨的第一手描繪……非常具真實性。

——書單雜誌

一本重要著作，圖書館能夠觸及多少人就值得有多少讀者。

——圖書館期刊

本書根據一名十五歲吸毒少女的真實日記改寫而成。

書中並未明確描述中產階級、青少年的毒品世界。也不提供任何對策。

然而，這是一本非常私密而明確的年表紀錄。因此，我們希望此書能提供機會一窺我們置身的日益複雜世界。

書中人名、日期、地點與某些事件根據相關人士之意願，已經過修改。

編者謹申

＊ 本書書名「Go Ask Alice」出自傑佛遜飛船樂團女主唱葛瑞絲．史立克（Grace Slick）創作的歌曲〈白兔〉（White Rabbit）。

九月十六日

昨天，我還自認是整個地球、整個銀河系、上帝創造的生物中最快樂的人。可是那真的只是昨天？抑或已是無限光年前？我感覺綠草從來沒這麼香、天空從來沒這麼高過。

現在整個世界全塌到我的頭上，真希望能就此融入宇宙的黑洞中而不再存在。唉，為什麼，為什麼，為什麼我還在這裡？我要如何面對莎朗、黛比和其他同學呢？事情一定已經傳遍全校！昨天，我買了這本日記，想寫下生活中一些美好的、有意義的事，以及心中永遠不願讓人知道的祕密。但這不過是又一次的期待罷了。

真的不懂羅傑怎麼可以這樣對我？從有記憶以來，我就一直愛著他，期盼有一天他會接納我。昨天他約我出去時，我感覺好幸福。真的！但現在，全世界變得灰暗冷漠。媽一直叨念我要整理房間，她怎麼可以在我難過得快死掉的時候還來嚕嗦？難道我連躲起來獨自傷心的自由都沒有嗎？

日記，你要等我、陪伴我哦！你要不斷提醒我，別再重複地講些無聊幼稚的話。

拜拜。

九月十七日

今天學校真是一場噩夢。我好怕會在走廊轉角碰到羅傑，卻又很怕真的見不到他。我不斷告訴自己：「或許真出了什麼差錯，他會向我解釋的。」午餐時，我只能告訴姊妹淘，說他不來的事。我假裝不在乎，但是，日記啊，我在乎！我真的真的好在乎，覺得心都碎了，碎得亂七八糟。我怎麼可能這麼可憐、尷尬、丟臉、洩氣卻仍活著，還能說話、微笑和專心呢？羅傑怎麼可以這樣對我？我從來不曾存心傷害任何人。無論是身體上或心靈上，我都不會傷害他們，可是為什麼總是有人如此傷害我呢？甚至連爸媽對我的態度，都好像我又笨又差勁，永遠不如人。我想我永遠無法符合大家的期待。我肯定無法變成我想要成為的那種人。

九月十九日

老爸的生日。無事可記。

九月二十日

今天是我生日。十五歲。沒什麼想說的。

九月二十五日

親愛的日記，

我大概一星期沒寫日記了，因為沒發生什麼有趣的事。同樣的笨老師在同樣的爛學校裡教授同樣的蠢科目。我好像對什麼都失去了興趣。原以為高中會很好玩、很有意思，但是無聊透了。一切都很無聊。或許只是因為我長大了，生活變得令人厭煩。茱莉．布朗辦了派對，但我沒去。我身上多了醜陋、懶惰、邋遢的七磅肥肉，沒有能穿的衣服。我現在看起來就像感覺的一樣肥了。

九月三十日

好消息，日記！我們要搬家了。老爸應聘擔任××大學的政治系主任。很令人興奮吧！或許我又可以回到像小時候那樣的生活。或許老爸每年夏天又會去歐洲教書，我們照例可以跟著去。唉，那時候好好玩啊！從今天起，我要開始節食。等搬進新家，我會成為正向改變的人，在減掉身上十磅肥油前，一口巧克力或一根薯條也別想進我嘴裡。我也要把衣櫃全部換新。誰還會在乎可笑的羅傑？偷偷告訴你，其實我仍然在乎。我想我會永遠愛他。或許在離開前，我會瘦下來，然後皮膚光滑無瑕如花瓣晶瑩剔透，而且還擁有像時尚模特兒的衣服，他又會約我出去。我該拒絕他、吊他胃口？還是——我怕我會——軟化，然後跟他出去？

喔，拜託，日記，幫助我堅強和堅持下去。幫助我每天早晚勤作運動、清潔皮膚、飲食健康、樂觀隨和、正面開朗。我好想成為一個重要人物，甚至每隔一段時間就有男生來邀請。或許全新的我會不一樣。

十月十日

親愛的日記，

我瘦了三磅，大夥兒忙著整理東西，準備搬家。現在的房子打算出售，爸媽到××去找房子。我陪提姆和亞歷珊卓看家，你一定會很驚訝，他們居然沒來煩我。我們都在為搬家感到興奮，我叫他們幫忙煮飯或做任何家事都沒問題──嗯，幾乎啦。我猜老爸會在學期中接受新職位。他像個小男孩般興奮，讓我想起過往時光。我們圍著餐桌說笑，一起擬定計畫。太好了！提姆和亞歷珊卓堅持要帶走所有玩具和雜物。我則是想要全部換新，當然書除外，那是我生命的一部分。五年級時因出車禍打了很久的石膏，若是沒那些書，我真會死掉。就算是現在，我也不太確定自己哪一部分是原來的我、哪一部分是從書上來的。不過無論如何，人生很正面、很美好又很興奮，我等不及要看看下個轉角與往後所有轉角會有什麼東西在等著我了。

十月十六日

老爸老媽今天回來。好耶，我們找到新家了！是一棟媽媽很喜歡的西班牙式老房子。我等不及要搬過去了！我等不及、等不及了！他們拍的照片要三、四天後才能沖洗出來。我等不及，我等不及，哎，這句話我是不是已經說過一百萬次了？

十月十七日

連學校都變有趣了。我的代數報告拿了A，其他科目也都是A或B。代數是最難的，如果能過關，我想我什麼都做得到！平常即使我拚盡全力，通常能拿到C就算幸運了。不過說來特別，好像某件事順利的話，其他都會受影響。連我和老媽的關係也變好了，她似乎不再像以前那樣對我碎碎念。想不通是哪一方改變了——我真的不懂。是我變得比較像她希望的不知什麼樣子，所以不必老是盯著我，抑或只是她的標準降低？

甚至我在走廊上看到羅傑，竟一點感覺也沒有。他向我說「嗨」，然後停步想交談，而我只是直接走過去。他無法再迷惑我了！天啊，才剛過三個月而已！

十月二十二日

史考特．洛西約我週五去看電影。我已經瘦了十磅，減到一百一十五磅，還不錯，但我還想再減十磅。老媽說那麼瘦不好，但是她不懂，只有我知道。我已經好久好久沒吃過好吃的東西，幾乎忘了那些東西是什麼味道了。週五晚上，或許我會放鬆點，然後吃些薯條……嗯……

十月二十六日

和史考特一起看電影很好玩。然後我們出門去，我吃了六根神奇美味、令人垂涎而愉悅銷魂的薯條。真是享受！我對史考特，並沒有對羅傑的那種感覺。我想那是唯一的真愛，但都已經結束了。試想我才十五歲，人生唯一的真愛就已經結束了。就某方面來說，似乎有點悲情。或許等我們都上了大學，有可能會再見面。希望如此。我真的希望如此。去年夏天，在馬里奧．希爾的睡衣派對中，有人夾帶了花花公子雜誌，裡面有則故事，關於某個女生第一次和男生發生關係，當時我只想到羅傑。如果羅傑和我不能復合，我會保持處女之身到死。我永遠不想和其他的男生發生性行為……永遠……我發誓，我無法忍受讓任何男生碰我。其實我連羅傑都不確定，或許等再大些，我會有不同的想法。老媽說女孩子長大後，荷爾蒙會入侵我們的血液，讓我們的性慾變強。我想我只是比較晚熟。聽過學校裡某些人的誇張故事，但我不是她們，我是我。況且，性愛似乎很奇怪、很不方便，又很彆扭。

我老想到體育課老師教我們現代舞，總是說這會讓我們的身體強壯，對女性將來生產時也很有幫助，然後反覆強調做什麼都必須優雅、優雅、優雅。我根本無法想像，性愛和生小孩是什麼優雅的事。

我該睡了。拜拜。

十一月十日

喔，親愛的日記，很抱歉冷落你了，因為最近我好忙。我們已經在準備感恩節和接下來的耶誕節。房子在上週賣給了杜布羅夫婦和他們的七個小孩。真希望可以賣給成員較少的家庭。我討厭想到那六個男孩在我們家的漂亮樓梯跑上跑下、又髒又黏的手指摸在牆上、骯髒的腳踩在老媽的白地毯上。你知道的，一想起這種事，我突然又不想走了！我好怕！那個我住了十五年、五千五百三十個日子的房間。我在這裡笑過、哭過、呻吟過和咒罵過，愛過也恨過一些人和物。這是我人生的一大部分。當我們住在別的空間裡還會一樣嗎？我們的思想和情感會不會有所不同呢？唉，老媽，爹地，或許我們犯大錯了，因為遺棄了太多自我！

親愛的寶貝日記，我在用我的眼淚為你洗禮。我知道我們非走不可，有天我也必須離開爸媽的家自立。但我會永遠帶著你。

十一月三十日

親愛的日記，

抱歉，感恩節那天我沒和你說話。真是開心，外公、外婆來住了兩天，我們在客廳到處窩，聊著過往的事。放假期間，爹地完全沒進辦公室。外婆做了太妃糖，像我們小時候一樣，連爹地都做了些。大夥兒玩得不亦樂乎，亞歷珊卓黏到頭髮，外公的假牙也被黏住，一整個笑到歇斯底里。他們很難過我們要搬到那麼遠，我們也是。若是沒有外公、外婆來玩，家再也不一樣了。希望爹地的搬家決定是正確的。

十二月四日

親愛的日記，

媽媽不肯讓我再減肥。只對你說喔，我不懂這到底關她什麼事。這半個月來我確實感冒過，但我知道並不是節食造成的。她怎麼會這麼愚昧、這麼不理性？今天早上，我照例吃半顆葡萄柚當早餐，她卻逼我吃一片全麥麵包、一盤炒蛋和一片培根。那應該至少有四百卡路里，甚至五百、六百或七百。我不懂她為什麼不讓我過自己的生活。如果我胖得像母牛，她不喜歡，別人也不喜歡，連我都無法喜歡。我懷疑自己能不能每頓飯後把手指插進喉嚨催吐？她還說我必須開始恢復吃晚餐，就在我進展順利且習慣飢餓狀態時。唉，父母真是個大問題！日記，這點倒是你無須擔憂的事，只有我要煩惱。再者，我想你也沒幸運到哪裡去，因為我也絕不會讓步。

十二月十日

日記，買你的時候，原本打算每天規律地寫，但有些日子實在沒什麼好寫的，而其他日子又太忙、太無聊、太生氣或太心煩，或只是懶得做我不想做的事。我想我是個差勁的朋友——即使對你來說也一樣。但我覺得和你還比我的好朋友黛比、瑪莉和莎朗更親近。因為她們看到的未必是真正的我。我有一部分是努力適應、說正確的話、做該做的事、去該去的地方、穿大家穿的衣服。有時我覺得我們根本就是當別人的影子，就算不喜歡，也盡量買同樣的唱片或其他。我們就像離開生產線的機器人，但我不想當機器人！

十二月十四日

我剛買了漂亮的單顆珍珠胸針，當作老媽的耶誕禮物。花了我九塊半，但很值得。那是枚養殖的珍珠，表示它是真的，而且看起來像我媽，柔和光亮，但是內在堅固可靠，所以不會到處滴水。我希望她喜歡！我好希望她既喜歡禮物也喜歡我！我還是不曉得要送提姆和老爸什麼，但他們的東西比較好買。我想買個好看的金色筆筒之類的，放在老爸那又大又新的辦公桌上，那麼每天他一看到它就會想到我，即使是在和第一流人物開會時也一樣。只是照例，我根本買不起想要的東西。

十二月十七日

露西·馬丁要辦耶誕派對，我應該帶一份果凍沙拉過去。聽起來好像很好玩（至少我希望如此）。我做了一套新的白色軟羊毛洋裝。因老媽的協助，洋裝真的很漂亮。改天我也希望自己能縫得和她一樣好。其實我希望自己將來能像她一樣。我懷疑她在我這年紀時是否擔心男生不喜歡她、女生沒空當她的朋友。我懷疑那個年代的男生是否像現在一樣精蟲衝腦、滿腦子性事?我們女生談交往對象時,其實多數男生亦如此。我的朋友中還沒有一個人跨過最後防線,但學校裡應該不少女生有過經驗。我希望能和老媽談談這種事,因為我懷疑有多少人知道自己在說什麼,至少我是無法完全相信他們說的。

十二月二十二日

馬丁家的派對很好玩。迪克.希爾開了他爸的車送我回家。我們在城裡兜風,欣賞燈光,並一路唱著耶誕歌曲。聽似有些無聊,但其實一點也不。到家時,我們吻別,就僅此而已。我有點緊張,因為我不知道他是尊重我、不喜歡我,還是怎樣?我想無論發生任何事都不可能放心。有時我會希望自己已經有交往對象，這樣我就有了可約會、可談心的人，只是我的父母不會贊成。不過坦白說，也沒人對我感興趣，有時候我會想永遠都不會有那麼一個人。我真的很喜歡男生，有時候實在是太喜歡了，但我卻不是很受歡迎。真希望我自己又出鋒頭、又漂亮，而且有錢又有才華。那樣子，一定很棒吧?!

十二月二十五日

今天是耶誕節！美好、壯麗、快樂、神聖的耶誕節。開心到無法控制。我收到了一些真正喜歡的書、唱片、裙子及其他很多東西。老媽很喜歡她的胸針。她真的喜歡！她愛死了！她馬上別在睡衣上，整天戴著。喔，我真高興她喜歡。外公、外婆、亞瑟叔叔、金妮嬸嬸和他們的小孩都來了。真的很棒。我認為耶誕節是整年中最好的日子。人人感覺溫暖、安全、被需要和被想念（即使是我）。希望能夠永遠如此。我討厭結束。不僅是因為今天很開心，也因為這將是我們在這幢好房子裡度過的最後一個大節日。

再見了，親愛的用金絲、耶誕樹和鮮豔燈泡裝飾的老房子。我愛你！我會想你的！

一月一日

昨晚，我參加了史考特家的新年派對。同學們玩得有點瘋，有些男生在嗑藥。我說身體不舒服想提早回家，其實我只是太高興，因為兩天後就要搬家，我樂壞了。我確定接下來的兩個晚上一定會睡不著。試想同時搬進新房子、新城市、新的郡和新的州。爸媽在那原就認識一些教授，對新房子已有一些了解。雖然我看過照片，但它仍像個巨大、冷漠、不懷好意的陌生人。但願入住後，我們會喜歡它，而它也會接納我們。

老實說，除了你，我不敢向別人提起，日記，我對自己能不能適應新環境毫無把握。在我認識大家、大家也認識我的舊城市，都也只是勉強適應而已。以前從來不敢想，但我真的不太擅長適應新環境。喔，親愛的上帝，請幫助我調適、協助我合群，不要讓我變成社交孤兒和家人的累贅。哦，我又在發牢騷了，真丟臉，但我無能為力，就像我無法抗拒搬家。所以你又被我的淚水泡溼！還好你不會感冒！

一月四日

我們來了！今天，一月四日，凌晨一點十分。提姆和亞歷珊卓一路都在吵架，老媽要不是罹患腸胃炎，就是因為太興奮而顯得煩躁；總之，老爸被迫停了兩次車，讓她嘔吐。抵達新家時，有些不對勁，屋裡的燈沒開，我以為連老爸都準備打道回府。老媽做了她要搬家工人將每件物品擺放位置的圖表，可是他們全搞混了。所以大夥兒只能裹著床單睡在任何能睡的床鋪上。我慶幸有口袋型小手電筒，至少還能看東西、寫日記。老實說，這房子看起來相當陰森詭異，可能是因為沒裝窗簾之類的。或許明天看起來會好一點。總之，不會比現在更糟了。

一月六日

抱歉，這兩天忘了寫日記，但我們可沒偷懶，努力地掛窗簾、拆紙箱、整理東西。現在房子看起來漂亮極了。牆壁是厚重烏木，有兩道階梯通往下沉的長型客廳。我為昨晚的感覺向每個房間道歉。

我還是擔心學校的事，因為今天必須上學。真希望提姆已經上高中，有弟弟總好過沒人，可是他才國二。他已經認識了附近一些同年紀的男生，我應該替他高興才對，但我沒有——我為自己感到悲哀。亞歷珊卓還在念小學，有位住在附近的教授女兒，年紀與她相仿，所以她放學後會直接去他家。沒有什麼比有個現成朋友更幸運的了。還有更好運的嗎？我呢，照例，什麼也沒有！一個朋友也沒有，或許這樣才適合我吧。我在想，那些同學的穿著是否和老家那裡的朋友一樣？呵，希望自己不會太突兀，否則會引人反感。唉，我好希望有個朋友！但我最好掛上大大的假笑。因老媽在叫我，我必須用「決定我高度的態度」去回應。

一，二，三，烈士出發了。

一月六日，晚上

唉，日記，好慘啊！那真是全世界最寂寞、最冷淡的地方。無止境的漫漫長日，居然沒有半個人和我說話。午餐時間只好逃到保健室，謊稱頭痛。然後，蹺掉最後一堂課去超市吃了巧克力麥芽冰淇淋、雙份薯條和超大巧克力棒。我一面不停的吃、一面痛恨自己太幼稚。但人生必須有值得活下去的東西。雖然受傷，不過現在回想起來，我在以前的學校大概也對每個新同學做過同樣的事，完全不甩他們，要不就是好奇地死盯著他們。所以，我只是被「報應」，我是罪有應得，但……唉，真是太痛苦了！

現在，我連手指、腳趾和頭髮毛囊都在痛。

一月七日

昨天的晚餐真是煎熬。亞歷珊卓喜歡她的新學校和新交的小朋友崔莎。提姆和有三堂課重疊的鄰居男孩一起搭校車，他說女生們比前學校的可愛，還說她們都很喜歡他，這不過是一個男孩剛搬來時，每個女孩都會有的態度。老媽去參加茶會，發現每個人都「迷人、漂亮又令人舒服」。（很不錯吧！）嗯，只有我像油浮在水面，完全無法適應融入，甚至經常神遊天外，像個局外人似的，看著自己的家人。以我的合群、友善、靈活的出身背景，怎麼可能如此沒用？外公是政治人物，一直是眾所矚目，而外婆經常必須陪著他到處演說。所以我有什麼毛病？我算是退化遺傳嗎？還是怪胎？一定是搞錯了！

一月十四日

一星期過去，大家頂多只是用有點好奇、敵意及「妳來這裡幹嘛？」的方式盯著我看。我則試著把自己埋在書本、報告和音樂裡，假裝不在乎。我想我並不是太在意，況且就算我在乎，又有什麼差別？我胖了五磅，但我無所謂。我知道老媽很擔心，因為我變得沉默寡言，但又有什麼好說的呢？如果我遵守她的規定，「要是對事物說不出好話，就什麼也別說。」因此我除了吃飯，什麼也開不了口，所以我倒是吃了不少東西！

二月八日

嗯，自從搬來後，我胖了近十五磅，臉擰成一團，頭髮又黏又油，只好每晚洗頭才能見人。爸老是不在家，媽則是一直盯著我，「開心點，頭髮盤起來，要積極、要微笑。」如果他們再說一次我表現負面、不成熟，我就要吐了。我穿不下以前的衣服，也知道提姆以我為恥。我在他朋友面前，他拿我當笨蛋，羞辱、嘲笑我的嬉皮髮型。我真是受夠了這所學校和這個城市，尤其是我的家人和我自己。

三月十八日

嗯，我終於在學校交到朋友了。她和我一樣矮胖又突兀。我想，「物以類聚」這句話說得一點沒錯。有天晚上，葛妲來接我去看電影，爸媽對她非常沒禮貌。試想像我那溫暖、和顏悅色的老媽，竟然會對我那看起來邋遢的無名朋友，說出令人難堪的話。我不懂她為何不花點時間看看她邋遢的女兒？這種態度出自一個大學教授苗條迷人的夫人身上是太過分了，而這位教授很可能在幾年後當上校長。

自從搬來這座鋼鐵堡壘後，我一直很不安，而我也看出他們都有點侷促不安了。

四月十日

喔，真是令人振奮的消息，媽答應我可以到外公家過暑假。我今天開始節食，就從現在起！當然她有個小條件，她老是這樣——我必須恢復好成績。

四月二十日

學期插不多還有兩個月就將結束，我根本等不及。提姆討厭得讓人無法忍受，老媽則是不斷挑我毛病，「別這樣——別那樣——要這樣——要那樣——妳怎麼不聽話？——妳明知應該這樣——現在妳又開始幼稚、不成熟了。」她總愛拿我和提姆、亞歷珊卓比較，我知道自己就是比不上他們。似乎每個家庭都會出個怪人，猜猜我家是哪一位？就算有些手足鬩牆也不是什麼特別的事，但我們家卻逐漸失控。其實我真的很喜歡提姆和亞歷珊卓，雖然他們也有很多缺點，我不太確定自己愛他們勝過恨他們，還是恨他們多過疼愛。這話也適用於爸媽！但是憑良心說，我想更適用於自己。

五月五日

這學期遇到的每個老師都是既白痴又無趣。我在書上看過，一個人一生中若能遇到兩位啟發與激勵他的好老師，就算是幸運了。我猜我的配額肯定在幼稚園和一年級就用掉了，對吧？

五月十三日

放學途中，我認識了一個女生。她就住在三個街區外，名叫貝絲．鮑姆。她人很好，有點害羞，像我一樣喜歡書多過交朋友。父親是醫生，和我老爸一樣，多半時間不在家；母親也喋喋不休。但我猜所有母親都是這樣。如果她們不嘮叨，天曉得住家、庭院或全世界會變成什麼樣。喔，我確實希望自己不要變成嘮叨的母親，但似乎非如此不可，要不我怎麼感覺不出有任何不同的徵兆。

五月十九日

今天放學，我和貝絲一起回家。他們有棟漂亮房子和住在家裡的全職女傭。貝絲是猶太人。我從沒交過真正的猶太朋友，不知何故，我以為他們會不一樣。我不知道為什麼，因為我們都是人，但我就是以為他們……嗯，比較……照例我又不知自己在說什麼了。

貝絲對成績很認真，所以我們常在一起做功課、聽唱片，然後喝無糖可樂。（她也想減肥。）我真的喜歡她，能擁有一個忠實的朋友真好，因為我其實對葛妲有些意見，總想糾正她的文法、要她注意自己的衣著和儀態。我竟出乎意表地像老媽！倒不是我目中無人——真的不是。而是真正的友誼不能建立在同情上，只是為了避免淹死而緊抓著某人。真正的友誼應該建立在彼此認同和能力，還有……對，還有背景。天啊，媽一定會以我今天的想法和態度感到驕傲。真可惜我們已經無法溝通了。記得小時候還能和她講話，但現在卻像說著不同的語言，根本無法正確溝通。媽媽說這樣，我誤以為她是另一個意思；或者我會認為她只是硬要糾正我或對我說教，其實我懷疑她完全不是那個意思，只是在找尋摸索，而迷失在語言文字中。我想，這就是人生吧。

五月二十二日

今天，貝絲來我家讀書，爸媽和兩個弟妹都很喜歡她！他們甚至叫她打電話回去，說她留在我家吃晚飯，然後老媽要帶我們進城買東西，因為今天是週四，晚上商店仍在營業。我回房換衣服，貝絲也跑回家拿她的東西。我們會在途中接她。出門前，我趕緊把這種美好的感受記錄下來。我實在憋不住這麼棒的感覺。

五月二十四日

貝絲是個益友。她是我從小到大「唯一的」好朋友。我們無話不談，甚至談了很多關於宗教的事。猶太希伯來信仰和我們很不一樣。他們的聚會在週六，而且還在尋找耶穌或等待救世主降臨。貝絲非常喜歡她的外公外婆，希望我也能見見他們。她說，他們信仰東正教，吃肉和乳製品時會用兩套不同的盤子。真希望我對自己的宗教能有更多了解，可以告訴貝絲。

六月三日

今天，貝絲和我聊到了性愛。她外婆曾告訴她，猶太男女結婚時，如果有人能證實新娘不是處女，那這個男子就可以不娶她。我們都很疑惑這要如何證實，我們完全不明白。她說，她寧可問外婆，也不想問媽媽，但我倒是寧可問我媽，當然我不會問！反正她也不了解猶太習俗。

貝絲說她做過一個噩夢，夢見自己身穿漂亮的白色長婚紗走過教堂走道，幾百個賓客來參加她的婚禮，卻有人向祭司耳語說她不是處女，然後新郎隨即轉身離開。我不怪她——換成是我也有同感。改天，等她鼓足勇氣，她會去問她外婆或別人。希望她會告訴我，因為我真的也想知道。

六月十日

親愛的日記，

學期馬上結束，但現在，我卻不希望它結束。貝絲和我相處愉快。我們都不是很受男生歡迎，但有時貝絲必須和她母親猶太朋友的兒子出去玩。

她說，過程很無聊，那些男生和她互不來電，但猶太家庭就是這樣，他們希望子女也能和猶太人通婚。某天晚上，貝絲要安排我和一個她媽媽所謂「很乖的猶太男生」盲目約會。貝絲說，他很高興，因為我不是猶太人，而她覺得自己做了件違背母親的事。我想，我已經有些喜歡他了。

六月十三日

好耶！學期結束了！但，我卻有點傷感。

六月十五日

貝絲撮合我和一個叫做山米．葛林的男生。他對我父母非常有禮貌又具教養，讓他們很滿意，但上了車後，他就開始毛手毛腳。爸媽真的很不會看人。有時我懷疑他們怎麼能活到這個年紀。總之，一整晚真的很蠢。山米根本不肯讓我好好看電影。而且原來那是部色情片，散場後，貝絲和我還躲在女廁裡好長一段時間。我們都不想出來，但是又不能在女廁裡過夜，最後只好若無其事地走進大廳。男孩們看著我們，假裝在討論劇情，但我們都不理會他們，也不想理會那部電影。

六月十八日

今天我才得知噩耗，貝絲必須去夏令營待六星期。因為她父母要去歐洲，所以替她安排了一個全猶太人的野營。我難過極了，她也是。我們都跟父母商量過，但他們充耳不聞，根本不聽我們說什麼，還不如對牛彈琴。我想，我將照原計畫到外婆家過暑假，但這些已讓我意興闌珊。

六月二十三日

貝絲和我只剩兩天的時間相處。我們的離別幾乎像慷慨就義。我覺得像是認識她一輩子，而她也非常了解我。我必須承認，當她母親替她安排約會時，我甚至嫉妒那些男孩子。但願一個女孩還對另一個女孩懷有這種想法不會太奇怪。唉，希望不會！是我愛上她了嗎？唉，即使對我而言，這也太愚蠢了。無論如何，她是我結交過最親近的好朋友，或許也是我唯一的好朋友。

六月二十五日

結束了！中午貝絲就要走了。昨晚我們道別，兩個人相擁而泣，哭得像受驚嚇的兒童。貝絲和我一樣孤單。她母親喜歡罵人，老是罵她幼稚、愚蠢。至少老爸老媽還富有同情心，了解我有多麼寂寞。事實上，老媽帶我去購物，還讓我花五塊錢買了條純金小項鍊，內側還刻了個人名字縮寫；老爸也說，我可以打兩通長途電話找她。他們真是既善良又貼心。我想，我是幸運的。

七月二日

親愛的日記，

我在外公家，但這輩子從沒這麼無聊過。這是個漫長炎熱的夏天——可夏天根本還沒開始呢！我想我要瘋掉了！到這之後，我每天看完一本書，已經悶到發慌。真是神奇，因學期中我渴望著有時間賴床，純粹發懶、發懶、發懶和讀書、讀書、讀書，以及看電視和做我想做的事，但現在我卻無事可做。唉，真是痛苦萬分。莎朗搬家，黛比交了男朋友，瑪莉和她爸媽度假去。而我來到這兒不到五天。至少得強迫自己待滿一星期，才能開口說要回家。我能撐住而不瘋掉嗎？

七月七日

今天發生一件很奇怪的事，但我希望會發生。喔，我希望！我真的希望！外公和我走路進城去買亞歷珊卓的生日禮物，我們在百貨公司遇到吉兒．彼德斯。她跟我打招呼，然後我們停下來聊天。自從搬家後就沒再見過她，而我一向不太融入她那個有點菁英階級的朋友圈。不過，她說畢業後想上老爸的大學，又說她等不及離開這個鳥不生蛋的小城，搬到人文薈萃的大城市。我努力假裝我們搬家後，日子過得很優雅、很幸福，其實彼此虛虛實實、心照不宣。不過大概是掰得太高明，因為她說明晚約了幾個男孩子，她會打電話給我。喔，真希望她會！

七月八日

喔，日記，我高興得快哭了！事情真的發生了！吉兒在十點三十二分打來。我知道這時間，是因為我拿著手表坐在電話旁，努力向她發出心電感應。她找了幾個男孩子辦了一個聚會。謝天謝地，我帶了我的紀念冊。和他們的不一樣，裡面沒有他們的照片，反之他們的也不會有我的照片。我要穿我的白色新褲裝，還得去洗頭髮，然後把它盤起來。我頭髮真的變得很長很長，但若是我把它捲在橙汁罐頭上，可以做出底端有大捲度的適當髮量。希望我們的罐頭夠用——千萬要夠用！一定要！

七月十日

親愛的日記，

我不知道該羞恥，還是該得意。我只知道昨晚發生了人生最不可思議的體驗。被我寫成文字看起來有些變態，但其實是可怕、美好又奇妙的。

吉兒家約的男孩子都很友善又隨和，我很快就和他們混熟了。他們像多年老友般接納我，每個人都顯得既開心又從容。我喜歡那種氣氛，真的很棒很棒。總之，我們到場沒多久，吉兒和一名男生端出十幾杯可樂，所有的男孩就枕著椅墊靠在地板上，或蜷伏在沙發或椅子上。吉兒向我眨眼說：「今晚我們要玩『鈕釦，鈕釦，誰有鈕釦？』妳知道的，我們小時候玩的遊戲。」躺在我旁邊的比爾．湯普遜大笑說：「只是很可惜，現在有人要當保母。」

我抬頭看他，笑了笑，不想顯得太愚蠢。

大夥兒慢慢啜飲自己的飲料，但眼睛都在盯著別人看。我一直盯著吉兒，想學她的每個動作。

突然間，我感覺體內怪怪的，像是暴風雨般襲來。我記得，喝完飲料後，我們放了兩、三張唱片，然後大家開始看著我。我手心冒汗，感覺頭皮冒出熱氣。房間裡異常安靜，當吉兒站起來關窗時，心想：「他們想毒死我！為什麼，為什麼他們要害我？」

我全身每條神經都緊繃，詭異的感覺流過全身，掐著我，令我窒息。當我睜開眼睛，發現比爾伸手攬著我的肩。「妳真幸運，」他用唱片放錯速度般的慢動作說，「但是別擔心，我會照顧妳。一定會很愉快的。來吧，寶貝！放輕鬆，享受現在。」他溫柔地撫摸我的臉和脖子，「說真的，我不會讓任何不好的事發生在妳身上。」突然間，他好像慢動作的共鳴箱，不斷說著重複的話。我開始歇斯底里、瘋狂大笑，那真是我聽過最可笑、最荒謬的聲音。然後，我注意到天花板的圖案怪異扭曲。比爾拉我躺下，把我的頭枕在他腿上，我同時看著圖案變成彩色的漩渦狀，大片改變的紅、藍、黃。我想和其他人分享這個奇觀，但我口齒不清、拖泥帶水，好像顏色有味覺似的。我撐起身子開始走路，全身裡外感到陣陣涼意。我想告訴比爾，但我只能夠大笑。

很快的，我的言語已經趕不上整串思緒。我發現了最完美、最真實與最原始，那亞當和夏娃所使用的語言，但試圖解釋時，我所用的字眼和我的想法卻完全兜不上。

我失控了，這個美好的、無價的、真實的夢，應該保留給下一代。感覺很糟，最後我完全無法說話，倒回地板上，閉上眼睛，音樂由生理方面引誘我。我聞得到、摸得到、感覺得到，一如我能聽得到。一切不曾這麼美好過。我成了每件樂器的一部分，真實的一部分。每個音符都有其獨特的特徵、形狀和顏色，而且像是與樂譜的其餘部分脫節，因此我在每個音符響起前，便能感應到它與整首曲子的關係。我的心智充滿了全世界的智慧，卻沒有適當的字眼可以形容。

我看著桌上的一本雜誌，我便用無數個、一百個次元觀看它。那本雜誌是如許美麗，我無法承受，索性閉上眼睛。我隨即飄進了另一個地球、另一個世界、另一個狀態。許多事物從我身旁湧來，又朝我衝了過去，彷彿急速墜落的電梯令我屏息，無法分辨自己是真的，還是假的？我是桌子，還是音樂，抑或是這一切的一小部分？但這其實一點都不重要，因為不管我是什麼，我都是神奇的。我第一次能夠完全自由地回憶整個生命，然後在群眾中狂舞、表演、展示。重要的是，我享受每一秒。

我的感覺變得異常敏銳，甚至敏銳到聽得見隔壁房間有人呼吸，也聞得到幾哩外有人在做色彩繽紛的果凍。

經過一段宛若一輩子般的長時間，我逐漸趨緩，聚會也要結束了。我悄悄問吉兒，到底是怎麼回事，她說十四瓶可樂裡有十瓶加了迷幻藥，而「鈕釦，鈕釦」後，沒人曉得誰會喝到。哇，真高興我是幸運兒之一。

回到家時，外公外婆已經就寢，吉兒扶我進房間，幫我脫衣、協助我上床。我陷入一種暈船般的暈眩，籠罩著無邊的幸福感，只是有點頭痛，可能是長時間狂笑的結果。真好玩！真奇妙！但我想我不會再嘗試了，因握我聽過太多關於毒品的可怕故事。

現在回想起來，我早該知道會發生什麼事，任何笨蛋都該知道，只因整場派對是那麼奇異、那麼令人興奮，以至於我沒有注意聽，又或者我不願意聽——如果早知道，我一定會嚇壞的。我很高興他們這樣對我，因為我對自己沒有做下決定，感覺自在、坦然又貞潔。此外，這件事已經結束，也過去了，我永遠不會再想它。

七月十三日

親愛的日記，

兩天來，我一直試圖說服自己，使用迷幻藥會讓我變成「毒蟲」，還有我曾聽說過關於嗑藥同學與所有毒品的那些低級、骯髒、可鄙的事；但是我如此、如此的好奇，等不及想嘗試大麻的滋味，只要一次就好，我保證！我一定要看看它是不是有大家吹捧的那麼神！我看過所有關於迷幻藥的文章，顯然都是像我爸媽那種無知的人寫出來的，根本不懂自己在說些什麼；或許大麻也一樣。總之，吉兒今天早上打電話給我，她準備到朋友家度週末，不過週一早上會再和我通電話。

我告訴她，那晚玩得很開心，她似乎非常高興。我相信要是我多暗示，她一定會幫我安排嘗試一次大麻菸，然後，我就回家，立刻忘記這裡發生的人和事。不過，如果有人能讓我明白事情的真相，到是一件好事。當然，我不想讓人知道我這件事情的始末，所以，我應該把你放進一個堅固的鐵盒裡，用把好鎖頭牢牢鎖住。我不能冒險讓任何人知道，尤其現在！其實，我甚至覺得應該隨身攜帶，即使是上圖書館查閱有關毒品的資料。感謝上帝，有書目卡，因為這種事我不敢問任何人。我想我最好在圖書館一開門時就去，屆時可能就只有我一個人。

七月十四日

上圖書館途中，我遇到比爾。他約我今晚見面。我等不及想看看會有些什麼。我此刻正在探索這個全新世界，你無法想像展現在我面前的是多麼寬闊的大門，感覺自己就像愛麗絲夢遊仙境。我想作者路易・G・卡羅或許也嗑過藥。

七月二十日

親愛的親愛的溫柔好友，

這星期真是過得既神奇又難以置信。就好像，哇——是我碰過最棒的事情。還記得我說過和比爾的約會嗎？嗯，週五他介紹我服用魚雷（torpedos）*1，週日則注射速度（Speed）*2。兩種藥都像乘坐太空梭飛越銀河般，但是好了一百萬、一兆倍。速度一開始有點可怕，因為比爾必須直接注射到我的手臂。我從小就痛恨打針，但這次不同，等不及想再試一次。難怪它叫做速度！我根本無法控制自己，其實我也無法控制，更何況，我並不想控制。做夢也沒想到內向膽小的我，竟會那樣狂舞。感覺暢快、自由、奔放，彷彿是一群完美的物種中一個更完美的物種。那真是刺激！真是美麗！真的。

*1 麻醉劑。
*2 安非他命。

七月二十三日

親愛的日記，

昨晚，外公心臟病突發。感謝上帝，是發生在我準備出門時，情況並不嚴重。但可憐的外婆嚇壞了，雖然她極力保持冷靜。從我來了之後，他們非常尊重我，完全沒來煩過我，還很高興我認識了很多朋友，過得充實開心。他們都是和藹可親的人，我不能讓他們知道發生了什麼事，否則他們會緊鎖眉頭、憂心不已，這樣會讓我不知如何才好。

外公的病況只需臥床休養幾週，但我還是必須小心，別造成不必要的麻煩，讓外公外婆想送我回家。也許我應該，他們可能還會覺得需要我。

希望外公別出事。我好愛他。雖然知道他和外婆遲早會離開我們，但我希望它永遠不會發生。真奇怪，到目前為止，我從沒想過有關死亡的事。即使像我，遲早有天也會死去。我不曉得是否真有來生。唉，我希望有！但我真正擔心的不是這個。其實我知道我們的靈魂會回到上帝身邊，只是一想起死後要埋在黑暗冰冷的地下，任蟲啃咬、腐爛，就令人難以忍受。我想，我寧可火葬，對，我會！我一回到家就要請求爸媽和弟妹們，在我死後務必採取火葬。他們會照我的意願處理的，因為他們都是貼心善良的好家人，我愛他們，很幸運和他們在一起。我今天要記得寫信給他們。雖然我一向不擅長寫作，但我必須寫，必須寫得勤快一點。我要告訴他們，我想回家，我真的想回家了，我不想再和吉兒、比爾鬼混，也不想再服用藥物，雖然它們使我狂放、使我感覺神奇與美妙，但我知道我不該再服用它們，而且是永遠都不碰。我在此鄭重保證，從今天起就會戒掉，讓所有認識我的人以我為傲，我也能以自己為榮！

七月二十五日

外公復原得還不錯。我包辦了所有烹飪及打掃工作，這樣外婆才有時間陪他。他們很高興我的懂事，我也很高興。

早上六：三十

吉兒打電話邀我參加派對，我已必須幫忙照料家務為由，回絕了她。幸好我有藉口可以不去。

七月二十八日

自從外公生病後，爸媽天天打電話來。他們問我想不想回家，我真的想，但我覺得自己應該留下來多幫點忙，下星期再走。

八月二日

我快無聊死了，但我至少以報答外公外婆為我做過的事，我願意給外婆精神上的支持。比爾又打電話來約我，外婆堅持要我赴約，我想我會去的，但如果他想要過癮，我只能在旁照顧他了。

八月三日

昨晚，比爾找了六個朋友到他家。他父母進城去了，要到凌晨一、兩點才會回來。他們都在服藥後過癮興奮，而我已經戒了這麼久，過最後一次癮應該沒什麼關係。等我回家，絕對不會再對任何藥物感興趣。這次仍然一樣，甚至比前幾次還好。我不懂，為什麼每一次都比前一次感覺要好，但事實就是這樣。我坐了幾個小時，看著自己陌生又巨大的右手。我看得見筋路脈絡和毛孔。每條血管本身都是個迷人的景象，我的心智隨著這一切奇妙感覺的牽引而起伏不定。

八月六日

嗯，昨晚事情終於發生。我不再是處女了！在某方面我很遺憾，因為我一直希望羅傑是我今生唯一的男孩，但他從不邀請我。其實，自從我搬家後就沒再見過他了。反正他也可能已經變成一個愚蠢、邋遢的笨蛋。

我懷疑，如果沒有藥物，性會不會這麼刺激、這麼美妙、這麼難以形容。我一直以為那只要一分鐘，就像小狗交媾，但完全不是那麼一回事。其實，昨晚我花了很久才開始有感覺。最初只是坐在角落裡，領略一種孤獨又突兀的感覺，然後藥性突然發作，我想要狂舞和做愛。我不知道比爾也會那樣。他似乎是個純潔的好人，在我需要幫助時照顧我，但我卻失去理智，試圖誘惑他。不過，他也正有此意。直到現在，我還是沒什麼真實感。

我一直認為第一次的性關係應該是奇特的，甚至有點疼痛，但它卻是一種巧妙、怪異、誇張、恆久的模式。說到底，我還是無法真正區分兩件不同的事情間的差別。

不知道是否所有的同學都有過性行為——但院沒有，那太獸性，也太下流了！我懷疑要是羅傑、我爸媽、提姆、亞歷珊卓和外公外婆知道後會有多震驚？我想，他們會感到羞恥，但是不會比我更羞愧！

或許我是真的愛比爾，但是現在我連他的長相都想不起來。唉，心情亂得好可怕，然後憂心地想到，萬一我懷孕了，怎麼辦？喔，多麼希望有個人、有個有經驗的人告訴我，可以商量。

我從沒想過懷孕的事。它會在第一次性行為後就發生嗎？如果懷孕，比爾會娶我嗎？他會不會認為我是個隨便的小笨蛋，誰都可以上？他不會娶我的，因他也才十五歲。我想，也許我必須墮胎，或其他的方式。哦，如果必須像去年××那樣輟學，我一定無法忍受。那之後，同學們熱烈討論了好幾星期。喔，天啊，拜託，請別讓我懷孕！

我要馬上打給老媽。然後請外婆買機票，明天我就回家。我討厭這個爛地方、討厭比爾．湯普遜及所有的人。我不知道自己怎麼會和他們攪在一起，但當他們接納我時，我真的很高興。現在才覺得「被他們接納」這件事，對我毫無意義可言?!如今只感到悔不當初。

八月七日

老爸老媽認為我該留到下星期再回家。我無法反駁，因為外公外婆需要我。在此同時，我不會接電話或踏出家門一步。

稍後

吉兒打電話來，我請外婆告訴她，我身體不舒服。顯然連外婆都看出我其實好得很。我只是活在前所未有的懷疑與恐懼中。

八月九日

世界真的停止轉動了。我的人生徹底完蛋。晚餐後，外婆和我坐在花園裡，聽到後門有敲門聲。你猜是誰來了？羅傑和他的父母。他們下午回來，聽說外公生病的消息，隨即過來探望。

我簡直無法克制。羅傑似乎更帥氣俊美，我好想要跳到他懷裡哭訴。但我們卻只是握握手，然後我趕忙去張羅大夥兒的飲料。聊了一段時間，外婆要我去拿些點心，羅傑跟了來！你能想像羅傑跟著我嗎？他還約我出去！我真想當場立刻死掉。我們走到花園外，他告訴我，明半他要去念軍校，一直可以到他可以上大學為止。還說初次離家、獨自在外，感到既害怕又寂寞。他還說，他希望成為一名航空機械師，研發新的航空機械。他擁有許多奇妙想法，就像在閱讀朱勒斯·佛恩的小說，他對自己的人生及軍校生活有好多計畫。

然後，他吻了我，這是我從幼稚園就夢想的情景。別的男生也吻過我，但完全不一樣。羅傑的吻是喜愛和渴望和關懷和仰慕和熱切和溫柔和依戀和纏綿的。這是我一生中最美妙的事。但是，我坐在這裡，極端厭惡自己。要是他發現這之前我做了什麼事，他會原諒我嗎？如果我是一名天主教徒，或許可以用某種嚴厲的苦行彌補我的罪過。我生來就被灌輸「上帝會原諒世人的罪」的觀念，但是我能原諒自己嗎？羅傑會原諒我嗎？

哦，為什麼這麼痛苦、可怕的事情，會發生在我身上！

八月十日

羅傑今天打了四次電話，但我拒絕接聽。外婆希望我多留幾天，直到心情平復，但我沒辦法。在我想清楚之前，就是無法再面對羅傑。唉，我怎麼會陷入這一團混亂裡呢？為什麼四個晚上前失去了童貞，現在卻又見到羅傑？這是多可怕的反諷！而且，就算不是如此，他能原諒我服用施打藥物嗎？經過這一切，他還會要我嗎？以前我不太在乎，但現在我在乎！而且已無法回頭！

我必須找人談談。我必須找到了解禁藥的人談談。不曉得我能不能和老爸大學裡的人談？喔，不行，不行，他們會告訴爸，那我就慘了。或許我可以說我在寫化學科有關禁藥的報告之類，但那得等到學期開始。我想，我最好吃點外公的安眠藥，沒有安眠藥，我可能永遠無法入眠。其實，我應該囤積一些，反正他有很多，我確定在我釋懷之前，我在家將有許多夜晚難以入睡。唉，希望不會經常發生。

八月十三日

我只能這樣忍著不讓自己哭出來。老爸老媽剛打電話來，說他們有多以我這個女兒為榮。我不知用什麼字眼來形容我的感覺。

八月十四日

外婆帶我去搭飛機。她以為我和羅傑吵架了，因此不斷對我說，情況會好轉的；還說，女人的處境就是要堅忍、有耐心、包容與體諒。唉，要是她明白真相，真不知該如何是好！爸媽、提姆和亞歷珊卓來接我，都說我看起來又蒼白又虛弱，大家從來不曾這麼溫柔可愛過。回家真好。

我必須忘掉一切、必須悔過，原諒自己後，重新開始；畢竟我才十五歲，不能停止人生，半路下車。此外，我想過外公和死亡，所以我不希望死王。我很怕。這不是天大的諷刺嗎？我既怕活著又怕死去，就像黑人聖歌裡所唱的，到底是什麼樣的恐懼在驅使著他們的靈魂？

八月十六日

老媽逼我吃東西。她做了所有我愛吃的食物，但我一點食慾也沒有。羅傑寫了封長信，問我是否一切無恙，但我就是無法回信。每個人都很擔心我，其實，連我自己都非常焦慮。我還是不知道是否懷孕了，其實就算再過十天半個月，我也不會知道。唉，我祈禱自己不會懷孕。一直自問自己怎麼會這麼白痴，唯一的答案就是我真的是白痴！一個愚蠢、笨拙、遲鈍、痴呆、無知的白痴！

八月十七日

我吃光了外公的安眠藥，狀況很不好。睡不著又心亂如麻，老媽堅持要我去看蘭利醫師。我得想辦法拖延。

八月十八日

今天早上，我去看了蘭利醫師，滔滔不絕說著睡不著。他問了很多我為何睡不著的問題，但我只是一直重複不曉得、不曉得、不曉得。最後，他放棄了，開了安眠藥給我。其實我比較需要的不是睡眠，而是逃避。逃避是一個好方法。忍不住時，我就吃顆安眠藥，然後等待甜美的虛無吞噬我。在我人生的這個階段，虛無比有事來得好。

八月二十日

蘭利醫師開給我的安眠藥，效果沒外公的那麼強，因為我必須一次吃兩顆，有時甚至三顆。或許是因為我太緊張了。總之，我不曉得還能撐多久，要是沒有馬上睡著，我想我的腦子要炸開了。

八月二十二日

我請老媽打給蘭利醫師，想跟他要點鎮靜劑。我整天睡不著，肯定不能再這樣到處亂走，所以，他最好給我一些鎮靜劑。我必須有鎮靜劑才行！

八月二十三日

鎮靜劑最棒了。今天下午，我在郵差送來羅傑的信之前，吃了一顆。我沒有情緒激動，只是坐著，慢慢將自己傾瀉給他，當然完全不提有關藥物或速度的事，也沒提比爾和我可能遭遇的困境，只是談和我們兩人相關的事。我甚至開始想，若是我該讓羅傑嗑一次，他就會了解。但是，我能嗎？我可以瞞著他下藥，像我那樣嗎？喔，真希望我敢！我彷彿禁錮已久，或許是安眠藥和鎮靜劑的緣故。不過，我又希望放鬆自己，讓那些日子永遠成為過去！我真的很迷惘！但願有人可以陪我談談！

八月二十六日

多麼神奇、美妙、快樂的一天！月經來了！這輩子我從沒這麼開心過。現在我可以丟掉安眠藥和鎮靜劑，又可以恢復本來面目了！喔，耶！

九月六日

貝絲從夏令營回來了，但她變了很多，竟還和一個猶太男孩穩定交往。他們不論早晚形影不離。這讓我嫉妒，因為羅傑再那麼遠的地方。學期開始，亞歷珊卓和她那些聒噪的小朋友，快把我給逼瘋了，而老媽又開始煩我。

今天，我到一家很棒的小服飾店，發現一雙可愛的麂鹿皮靴、流蘇背心和非常美麗的褲子。那裡的店員克莉絲教我怎麼燙整自己的頭髮（今晚我就試做了），現在是完美的直髮。太棒了！但老媽說我看起來像嬉皮，她無法忍受。還說改天她和老爸得找我談談。我弄個頭髮她就這麼大驚小怪；我還知道使用藥物的性愛是如何的飄飄欲仙，平常的性愛根本沒法比。像這樣，我也也一、兩件事是他們不曾經歷過的。反正我的所形所為已逐漸變成一個不被身邊人所接納的女孩子。

九月七日

昨晚真是痛苦極了。爸媽傷痛的對我說，他們有多愛我，但自從我由外婆家回來後，我的態度令人擔憂。他們討厭我的髮型，希望我和其他同學一樣，衣著整齊。他們講個沒完，根本不肯聽我試圖溝通的話語。其實當他們告訴我他們多擔心我時，我有股強烈衝動想要全盤招供。我想告訴他們！我好希望獲得他們的諒解，勝過希求世上的一切，但是，他們只是講個不停，因為他們無法真正理解任何事。要是當父母的願意聆聽就好了！要是他們肯讓孩子們說話，而非不斷地嘮叨，那該有多好。可是，他們才不！他們就是不肯聽也不肯讓孩子發表意見，而我們這些孩只能蜷縮在黑暗、挫敗的角落裡，啃噬自己的悲傷，卻無人可以溝通，也沒有人想了解我們的不滿。然而，我很幸運能擁有羅傑，但願他真是我的。

九月九日

真是禍不單行。羅傑確定要去念軍校了，他的第一次放假日必須等到耶誕節——也許還不一定能回來！他爸和他外公都讀過那所軍校，所以這幾乎是他的義務，但是我需要他在這裡，而不是到那個白痴學校，整年操練。我想，我們大概要相隔一整個大陸了。我寫了一封十頁的信，告訴他，我會等他，雖然他在上一封信中告訴我，希望我多參加派對找別人交往，過得開心。但是，我能在魔窟找到快樂嗎？

九月

我對羅傑感到灰心，便走路到克莉絲工作的服飾店。剛好是她的休息時間，我們就到隔壁喝可樂，我告訴她，自己因為羅傑而心情低落。她馬上就懂了。有個可以聊天的人真好。回到店裡，她給了我一個紅色糖果狀的小東西，讓我回家吃，然後聆聽些流行音樂。她說：「如果說鎮靜劑只會讓人消沉，那麼這顆心將會鼓勵你。」她果然說得沒錯！我服用太多安眠藥和鎮靜劑了，不知道那個笨蛋醫師為何不給我一些能使情緒好轉的藥，卻給了我情緒消沉的藥。整個下午，我都很愉快，好像新生一樣。我洗了頭髮、打掃了房間、燙了衣服，做完老媽念了好幾天要我做的所有事。唯一的問題是到了晚上，我依舊精神奕奕，然後撐著給羅傑寫作，我想，我又得吃一顆更強勁的鎮靜劑。這就是人生。

拜拜。

九月十二日

老爸老媽不停嘮叨我的外表，他們說我原是個善良的好女孩，可是行為卻愈來愈像嬉皮，擔心我受了不良朋友的影響。意思就是，他們是如此保守，根本搞不清楚狀況。克莉絲和我談了很多關於父母和社會體制的事。她爸是一家早餐食品公司的主管，經常外出，而且「而且總有其他女人陪伴」。她媽則熱心社團和社會公益，是個活躍的女性，若是她靜下一晚傾聽女兒講話，整個城市可能因此停擺。「我媽是這個城市的『社會棟梁』，」克莉絲跟我說，「她維繫著除了我以外的每個人和每件事，天啊，我真是太失望了。」

克莉絲不需要工作餬口，但她受不了家裡的氛圍。我告訴她，我開始有同感，她試著幫我找個和她一起的工作，這實在太棒了！

九月十三日

哇！我自食其力了。我找到工作了。昨晚，克莉絲詢問她老闆，沒想到他一口答應。太棒了，對吧?!我將在週四、週五晚上和週六整天和克莉絲一起工作，我將有能力購買那些令我心動、想要擁有的東西。克莉絲比我大一歲、高一年級，但她真是個好女孩，我非常喜歡她，我們的關係比任何人都好，甚至超過貝絲。我懷疑她也略懂禁藥，因為每當我情緒低落，她給予我無限的關懷。改天，我真的該找她好好談談這方面的事。

九月二十一日

親愛的好朋友，日記，

抱歉，我冷落你了，實在是太忙了，忙著上班和學校開學的事……但你仍是我最親愛的朋友和貼身知己。我和克莉絲真的很合得來，我們倆現在是學校裡的人氣王。我知道我很好看，始終維持在一百零三磅的身材，每當餓了或累了，就含一顆班尼（Benny）*。我們像男人般擁有無窮的精力和活力。我的頭髮漂亮極了，因為用橄欖油洗頭，所以又柔又亮，足以激起任何人的性慾。

我仍舊沒認識什麼真心欣賞的男生，不過，這也無所謂，因為我在等羅傑。

* 安非他命的俗稱。

九月二十三日

親愛的老友，

我父母絕對、肯定要把我給逼瘋。我在學校、店裡、約會和寫家庭作業時必須吃狄西（Dexies）[*]保持輕鬆，但在家則必須仰賴鎮靜劑支撐。老爸認為我傷害到他教務長的形象。昨晚，他甚至在餐桌上拍案怒吼，因為我說了句「放屁」。當他想要強調一個觀念時，總會有一大堆理由，那都無所謂，但當我說了句「放屁」，他卻認為我犯了滔天大罪。

克莉絲和我正在準備離家出走。她在舊金山有個朋友，可以幫忙找工作，因為我們都有服飾店工作的經驗，應該不會太難。此外，她父母正準備離婚。因為他們在一起時，除了吵架還是吵架，她受夠了。我至少不必忍受那種事。

還有，羅傑說他太忙了，以致無法常寫信，這是不可能的事。就像克莉絲說的，「一個男人身邊要是沒人取暖，他的心很快就會冷掉。」

＊　右旋安非他命的俗稱。

九月二十六日

昨晚真是精采的夜，老朋友！我終於抽到大麻菸了，它甚至比我想像的還棒！昨晚下班後，克莉絲幫我約了一位個大學生朋友，對方知道我嗑過藥，就想讓我試試大麻。

他告訴我，不要渴望像喝酒般的感覺，我告訴他除了生日派對喝過香檳和雞尾酒，我還沒嘗試過別的。我們聊得很愉快，克莉絲的朋友泰德說，很多學生從來沒喝過酒，不只因為父母不准，也因為酒比大麻菸還難買到。他說從剛開始嘗試一些壞事以來，偷了父母許多錢都不曾被發現，但是他偷喝他們的任何一口酒，就會立刻被發現，好似被精密計量過。

接著，瑞奇教我怎麼抽。我連香菸都沒抽過！他給我上了一堂技術指導課程，我必須放鬆心情，就像平常聽過的瑣事一樣。剛開始，我吸得太大口，差點嗆死，於是瑞奇叫我張著嘴大口吸，盡量混合空氣，但效果也不太好。於是，泰德放棄，拿出一組看起來怪異又可笑的水菸筒。還是吸不到菸，覺得受騙，因為其他三人已經飄飄欲仙。但就在我以為永遠學不會時，終於抓到訣竅，開始感到快樂和自由，像隻活潑的金絲雀在開闊無邊的天空中歌唱，我感到無比舒暢。這輩子從沒這麼輕鬆過！然後，瑞奇從他房間拿來一張羊毛毯，我們走在厚毯上，腳底有種無法形容的感覺，一種包覆全身的柔細，突然間我聽見每根毛髮和腳趾的膚觸感，那種怪異的、近乎寂靜的聲音。我從未聽過類似的聲音，只記得拚命試著想描述每根毛髮自成一個完美音調的現象。但我做不到；它太完美了。

然後，我撿起一顆鹽味花生，哦，沒吃過這麼鹹的東西。感覺像回到小時候，企圖在大鹽湖裡游泳。只是花生的味道更鹹！我的肝、脾和腸子全被鹽腐蝕了。我渴望吃到新鮮的桃子或草莓，讓它們的滋味、甜蜜和愉悅滋潤我。感覺真好，我開始瘋狂大笑。我很高興自己是這麼與眾不同。除了我，全宇宙的人都瘋了。我是唯一清醒完整的生命。記得我讀過的某本書上寫過，人間千年如同上帝一日，我找到了答案。甚至現在我有了新的時間感，宛如在幾小時內活過了一千個人的人生。

後來，我們都很渴，因此走進冰淇淋店，想吃點甜食。我們一路走、一路嘲笑路邊的圍牆與詭異的月亮，而它還在不斷地變換形狀和顏色。我不知道我們是否真有自己所說的那麼過癮，但是很好玩。在店裡大聲談笑，彷彿全世界的奧祕都只專屬於我們。午夜時分，瑞奇送我回家，爸媽（兩人都沒睡）甚至沒有責備我，而對我交往這麼一個溫和有禮、乾淨善良的年輕人非常滿意。你相信嗎？

又，瑞奇給了我一些大麻菸，讓我獨處想要升天時可以抽。哇，真是太好、太好了！

十月五日

克莉絲和我考慮辭職，因為工作愈來愈忙，讓我們根本沒時間做想做的事。

我深愛著瑞奇，克莉絲也熱愛泰德，我們都想要盡量和他們膩在一起。殺風景的是，我們的錢永遠都不夠，所以克莉絲和我必須出去推銷一點大麻菸。當然，我們只賣給重度使用者，反正他們不向我們買，也會去跟其他人買。

泰德和瑞奇都在大學念書，功課緊湊，比我們高中生還要辛苦，因此沒時間外出販售。再者，男生比女生更容易遭到逮捕。起初，我很難在人前保持冷靜，但既然我是瑞奇的女朋友，就必須盡力幫他。

十月八日

我說服瑞奇，迷幻藥比大麻菸賣相好，因為我們可以把它放在小錢包或口香糖裡隨身攜帶，而不用擔心條子找麻煩，也不會被那些白痴抓耙子舉發說我們的菸盒在哪裡，或我們的菸盒是什麼。

瑞奇對我非常好，和他做愛宛如閃電、彩虹和春天。我對禁藥可能只是淺嘗，但我真的對他上了癮。我們可以為對方做任何犧牲。他想學醫，而我必須盡力幫助他。這將是漫長而艱苦的過程，但我相信我們會成功的。真難想像他還要在學校待個十年、八年——但他已經是大二學生了！爸媽以為他還在念高中。我想我不會上大學，老爸一定會很遺憾，但對我來說沒有比幫助瑞奇更重要的事了。高中一畢業，我就會去找份全職工作，然後安頓下來。他向來是優等生，不過他說，他退步了一些些。

我真的很喜歡這個人。哦，我是說真的！等不及要見他了。他逗我說我縱慾過度，因為我一直纏著他，讓我嘗試不要吃藥的性愛。他答應我。這簡直是一種全新體驗，我迫不及待。

（？）

瑞奇和我幾乎從不到別處。他來接我，和爸媽交談幾句後，就飛奔至他和泰德合租的公寓，幾乎成了他的儀式。真希望我們可以每晚一起過癮，但他只在補充我的迷幻藥、鎮靜劑（barb）和大麻菸庫存時，才讓我過去。我知道他功課很忙，所以我盡可能讓自己滿足於他能給予我的，但時間似乎愈來愈少。或許我是縱慾過度了，至少我對做愛比他更感興趣。但那只是因為他擔心我。我希望他會讓我吃藥，也希望他不要這麼拚命念書和工作。喔，嗯，我所能得到就是這麼多，不知道還能再要求什麼了。

十月十七日

今天我又到小學去了。我不介意在高中賣藥，因為這玩意兒有時挺難弄到手，同學們通常會主動過來找我購買。克莉絲和我就從瑞奇那補貨。他們的袋子裡什麼都有，鎮靜劑、大麻菸、安非他命、迷幻藥、二甲基色胺（DMT）、冰毒等等。高中生和國中生沒什麼不同，但今天我卻賣了十片的迷幻藥給一個小學生，我確定他還不滿九歲。我知道他一定也在賣藥，只是這些孩子實在太小了！一想到九歲的孩子即將變成廢物，真令我非常嫌惡自己，以後再也不想去那了！我知道他們也會從別的管道弄到。回家後就，一直躺在床上想這件事，我決定叫瑞奇過來見老爸，談談獎學金的事，以他的成績和背景一定會有辦法的。我相信他可以搞定。

十月十八日

假如有頒給傻蛋和易騙獎章，一定是非我莫屬、受之無愧。克莉絲和我走進瑞奇和泰德的公寓，發現那兩個混蛋嗑過藥後正在做愛。難怪瑞奇這個混蛋不想和我做！我為了一個低級同性戀在外面拚命賣藥。他老爸可能根本也沒有生病。我懷疑還有多少個笨妞在替他工作？唉，我好丟臉！我無法原諒自己賣藥給十歲不到的孩子。我對自己、家人及每一個人來說都是可恥到了極點。我跟那個王八蛋瑞奇一樣爛。

十月十九日

克莉絲和我整天坐在公園裡想事情。她已經嗑藥一年多，具體來說我則是從七月十日開始。我們知道，只要留在這裡，情況就不可能改變，所以我們決定前往舊金山。而且我一定要讓瑞奇關進警局。我並不是出於報復或嫉妒，真的不是。只是我必須做點事情，保護那些小學和國中的孩子們。

瑞奇告訴我「反正他們總會買到」等等屁話，不過是一堆狗屎。除了自己，他不在乎世上的任何人，而我對自己行為所能彌補自己罪過的，就是不讓更多女孩陷入，開始吸毒。至少別讓他吸引更多小孩嗑藥。這是嗑藥這種行為最糟糕的一點。幾乎每個吸毒者都會販毒，然後像滾雪球般愈滾愈大，我懷疑它是否有結束的一天！我的確懷疑！真希望自己從來沒碰過禁藥。我和克莉絲互相發誓絕不再沾了。我們是認真的！我們做了神聖的誓言和承諾。我們到舊金山就不會認識任何毒蟲，很容易就能戒掉。

（？）

在半夜溜走真不是件快樂的事，但克莉絲和我已無計可施。我們必須搭乘清晨四點半的長途巴士離開，然後會在鹽湖城待一段時間，再回頭到舊金山。我怕死了，要是瑞奇抓到我，不知會做出什麼事。他八成知道是誰檢舉他，因為我在信中告訴警方，幾個他藏貨的地方。希望所有藥頭都被抓起來！

再見了，親愛的家！再見了，我的好家人！我之所以離開，是因為太愛你們，我不想讓你們知道我是多麼軟弱而可恥。我討厭自己輟學，也不敢再轉校，更擔心你們或瑞奇會追來。我留了一封信給你們，但信裡難以表達我對你們的愛，我只想告訴你們，你們在我心中是多麼重要。

十月二十六日

我們到了舊金山，住在一間骯髒惡臭、令人窒息的小單身公寓。坐了那麼久的巴士，兩人一身髒臭，因為克莉絲在用浴室，我就寫幾行日記等她吧。我確信我們的錢足以撐到找著工作，因為我暗槓了應該交給混蛋瑞奇的一百三十元，克莉絲則提領出她存在銀行的四百多元。雖然這個搶錢的小鴿子籠要月租九十元，但應該有足夠時間找到工作，那我們就能找到一個適合住人的地方。

我對父母感到很愧疚，但是至少他們知道我和克莉絲在一起，他們認為她是個乖巧的好女孩，不會把我帶壞。天啊，我還能壞到哪裡去？

十月二十七日

克莉絲和我一整天都在找工作，追蹤報紙的每則廣告，但我們不是太年輕、經驗太少，要不就是缺乏推薦人，再不就是他們想要更積極的人，或要我們等通知。這輩子我從來沒這麼累過。即使在這個小籠子裡那個粗糙、潮溼、令人掩鼻、叫做床舖的怪東西上，我們不需要任何藥物便能入睡。

十月二十八日

這裡的一切東西總令我感到黏膩潮溼。盥洗室裡還長了某種綠色的黴菌，感謝上帝，我們不會再這兒待太久，至少我希望不會太久！可惜今天找工作並不比昨天順利，然後我們也無法與克莉絲的朋友取得聯絡。

十月二十九日

我在一家癟腳的小內衣店找到了工作，薪水不多，但至少能維持生活開銷之類的。克莉絲想找一個更優渥的工作，等她找到後，我就會辭職，然後找個較有挑戰性的。克莉絲希望一年後我們可以自己開家服飾店。太棒了，對吧？屆時就可以邀請家人來分享我們的成功。

十月三十一日

克莉絲還是沒找到工作。她每天找，但我們說好她不能隨便將就。一定要是一流店家，讓她能學習將來開店時必須懂得的一切。我每晚都累得差點爬不上床，不曉得站一整天服侍壞脾氣的奧客竟是這麼累人。

十一月一日

今天，克莉絲和我去逛唐人街和金門公園，我們搭公車過橋。這是個美妙、刺激又漂亮的城市，但其實我寧可待在家裡。當然，我不會告訴克莉絲。

十一月三日

克莉絲終於找到工作了！那是一家我見過最奇異的小店。下班後我去探望，還買了雙涼鞋。她可以學到一切關於採購、展示和銷售的方法，因為店裡只有兩個人。雪莉亞是老闆，她無疑是我見過最漂亮的女人。皮膚像雪一般晶瑩白皙，眼睫毛像有我的手指這麼長，當然是假睫毛。頭髮烏黑，而且我確定她至少有六呎高。我不懂她為何不去當模特兒或影視明星。她的店位在一個很獨特的地段，即使有克莉絲的折扣，價格還是非常昂貴，但我已經節衣縮食一段時間了，偶爾可以揮霍一下。

十一月五日

我一天比一天更想家，而非淡忘。不曉得克莉絲感覺如何？我什麼都不敢說，深怕她會以為帶我來是個錯誤。其實，如果不是這麼怕瑞奇，我就會回家。但我確信他會極力把我拖下水。因他是個軟弱、任性、記仇的傢伙。現在我看清了他是多麼齷齪及令人反感，不知道自己怎麼會被他洗腦洗得那麼徹底。試想我有多麼愚蠢，我真的是！我甚至還要求他占有我，我確實求過！唉，但願我沒有！不過！我不會再那麼笨了，也不會再有下次，這輩子不管在任何情況下我都不會再使用藥物了。禁藥正是我捲入這一大堆爛事的根源，衷心希望自己從來沒沾過那些東西。希望信件不會蓋上郵戳，那我就可以寫信給爸媽、弟妹和外公外婆，或許還有羅傑。我有好多話想要告訴他們。為何我在錯誤無可挽回時才想到這些？

十一月八日

起床，吃飯，上班，吃飯，然後精疲力盡地癱在床上。我甚至已經放棄每天洗澡，要等浴室有空檔，實在太麻煩了。

十一月十日

我辭掉工作，想用整天的時間去找個比較有趣的差事。雪莉亞有一大堆名片可讓我去找工作，而且還可以抬出她的名號做我的介紹人。

又，我們大手筆用十五元買了臺二手電視，性能不佳，但至少讓家裡熱鬧點。

十一月十一日

嗨，老朋友，

你一定很高興，我在一個鐘頭內就找到工作，其實那是我應徵的第二家店！馬利歐．梅拉尼專做精緻珠寶，大部分都鑲有寶石。他需要個年輕的、清秀的店員幫忙他設計櫥窗裝飾和作品布景。他選擇我，讓我受寵若驚！梅拉尼先生高大肥胖又開朗，說他和老婆、八個小孩住在索薩里多，還邀我找個星期日到他家吃晚飯，認識他的家人。

十一月十三日

我熱愛我的新工作。梅拉尼先生像對待家人般的對待我。他在一家超昂貴飯店開了這家非常獨特的小店，每天帶午餐上班，還分我吃。他說這樣能避免過胖。克莉絲和我週日要去他家！很棒吧！能再次看到一堆小孩真得很開心。他有個和提姆同齡的兒子羅伯特，另一個小兒子只比亞歷珊卓晚三天出生，他以為我是個孤兒，從某方面來說，我確實是。唉……

你知道的，如果我不挑剔，可以有很多交往對象。我們的休息室有一堆富有的老胖子和他們穿著貂皮、栗鼠皮大衣的老女人。他們把老婆送進店裡，便在我面前晃來晃去。還有些旅行的業務員，他們來回躊躇，想找豔遇，不過幾天，我便能在他們經過店門時一眼認出。

（？）

克莉絲和我很幸運，我們的店週日到週一都休假，所以有兩天空檔可相處。這裡沒有像我們這樣的年輕人。雪莉亞肯定是保養很好的三十多幾歲，梅拉尼先生的年紀則足夠當爸，而且他又將成為一個嬰兒的父親。明天我們就去他家。

十一月十六日

我們在梅拉尼先生家度過一段快樂時光。他們住在山腰的小區域，看起來很有鄉村味。位於公車路線的終點站，到處是年代悠久的古老大樹。梅拉尼太太和孩子們就像電影裡的義大利人，甚至他們吃的東西，都和我們不太一樣。還有小孩，即使是大孩子，也纏在父母身邊。我從來沒看過這樣的情景。十七歲的老大馬里奧正要去參加某種校外教學，他和父親與其他家人擁抱吻別的樣子宛若訣別般緊緊相擁，還不時親熱地推來打去。這一天真是愉快。

這是個愉快的經驗，只是讓我更寂寞。

十一月十九日

克莉絲下班回家，顯得很開心。繼梅拉尼先生之後，雪莉亞也邀我們週六晚下班後去她家參加派對。時間是稍晚，因為我們要工作到九點。但我挺高興的，因為晚上十點半的派對，似乎很高級又相當有品味。

十一月二十日

最初我們倆都在煩惱該穿什麼參加派對，但雪莉亞告訴我們，只要穿著舒適的家居服就可以。太好了，因為我們都只從家裡帶了一只旅行箱，除非必要，我們真的不想花錢。我想或許我們會在這公寓住上六個月，到時才可能有足夠的錢自己開業。我希望雪莉亞能祝福並協助我們。或許梅拉尼先生也會讓我們販賣他某些較便宜的東西。反正馬里奧高中畢業後就會到店裡幫忙，那時他們也許就不需要我了。

十一月二十一日

明天就是的派對。不曉得會有些什麼人來參加？克莉絲告訴我，是常到他們店裡的電影明星和電視演員，雪莉亞似乎和他們很熟。至少他們會互相親吻招呼，並稱呼對方「達令」或「寶貝」。

試想可以看到明星耶！有天，××走進梅拉尼先生的店裡，買了一個赴宴用的大型戒指，但她太老了，我只在電視上的深夜節目看過她，飾演一個不太討喜的瘋婆子。

十一月二十二日

喔，好快樂的週六。今晚是成熟之夜。我在想，要是只喝可樂的而非他們提供的香檳酒類，不曉得他們會不會認為我太幼稚。也許根本沒人注意。我最好趕快去上班，這時間交通最擁擠，我不想被迫掛在車外，把我的髮型弄亂。

十一月二十三日

又來了，我不知道該哭，還是該笑。嗯，至少這次我們都是成人，做著成人的事，沒有影響到一堆小孩。當然某些人不認為我算是成人，但大家都以為我和克莉絲都滿十八歲了。我想，這就是關鍵所在。雪莉亞住在一棟超高級的美麗公寓。她家的門房看起來比我上班的飯店門僮還貴氣——而且令人印象深刻。我們搭電梯上到她房間，努力表現出成熟淡定，其實走出電梯後，我們倆都在喘氣。因為連電梯都很誇張，兩側貼著金箔，另兩面則是黑色鑲板。

走進雪莉亞的公寓就像走進了裝潢雜誌裡。整整兩面牆是可俯瞰閃爍市區的玻璃。我的下巴差點掉下來，感覺宛若置身電影場景。

雪莉亞分別輕吻我們臉頰，然後帶我們進到房間，裡面燈火通明。色彩鮮豔的枕頭圍繞著一大張金色古董鏡面咖啡桌堆疊。壁爐邊有一張超大鵝黃色毛茸茸的椅子，整個布置都極盡奢華。

這時門鈴響了，生平見過最漂亮的人兒開始上門。男士們都好俊俏，他們像曬黑版的羅馬雕像，女士們更是美得令人屏息，讓我又驚又喜。但過了一會兒，我才想到，我們年輕閃亮又健康，而這些女人好老好老。她們早上要是不化濃妝可能根本無法出門。所以真的沒什麼好擔心的。

然後我聞到它了，味道好濃。克莉絲在房間的另一端，但我看到她回頭，四處打量，知道她也聞到了。空氣似乎變得濃稠，我心中哀求著。不曉得是該逃跑？還是留下來？或者做什麼別的。一轉身，有名男士遞給我一根，是大麻菸，就這樣。我難過得很想死，因為無法控正內心燃起的強烈欲求，我想沉溺進去，成為他們的一分子！

接下來的夜晚太美妙了。燈光、音樂、聲音和舊金山都成了我的一部分，我也是它們的一部分。這是另一次不可思議的旅程，不知道持續了多久。克莉絲和我都將雪莉亞的公寓當作臨時住所，直到隔天午後，我們才打起精神回到自己寒酸的小窩。

我有點擔心實際上發生了什麼事。也不曉得自己抽得是大麻菸，或是別的，因大麻現在挺難弄到的。但我再也受不了在下個月的月事前，每天都得擔心懷孕的折磨。

我想開始服用避孕藥，因為我再也受不了這種折磨，一旦確定懷孕況，我會徹底被擊垮……唉，我不願去想這種事了。

（？）

雪莉亞幾乎每晚辦派對，我們總是受邀。我還沒發現任何真正喜歡的人，但是派對有趣極了，我們幾乎把這裡當作發癲的地方——比回家還要多。克莉絲發現雪莉亞曾經嫁給××，她的贍養費足以讓她揮霍一段很長的時間，並且滿足她的各種嗜好。天啊，有那麼多錢真是太棒了！我也想要過她這種生活，而且要過得更好。

十二月三日

昨晚是我汙穢齷齪、亂七八糟人生中最糟的一夜。只有我們四個人，雪莉亞和她現任的「男朋友」羅德介紹我們使用海洛英。起初我們有點害怕，但他們以「恐怖故事，不過是美國人捏造的傳說而已」，說服了我們——哈！但我想我相當興奮，事實上我看著他們擺設時，就已是迫不及待。它的感覺很棒，和我用過的任何東西都不同，感覺溫柔、慵懶而昏昏沉沉，彷彿飄浮在空中，而現實永遠消失。當我出神，沒注意到別的事時，雪莉亞和那淫棍居然點起了速度。我在想，為什麼他們那麼想過癮？後來，我才明白，那些王八蛋輪姦了我們，並暴虐野蠻地對待我們。這是有預謀的，那些吃屎的王八蛋！

當克莉絲和我都於清醒過來，我們爬回住所，說了許多話。，我們受夠了，販售海洛英的混帳把價錢哄抬得他媽的高，根本沒人買得起。這次我們真的要互相幫助、互相留意了。我不斷咒罵瑞奇是狗屎的同性戀者，但也許我不該怪他，因每天吸食大麻菸，無怪乎無法克制。

還是十二月三日

克莉絲和我再次商量後，決定離開這個鬼地方。昨天的薪水加上原有的存款，我們有七百元，所以或許能在一個不太貴的地段開家小服飾店。這樣就不必再到處開口求職。我們都受夠了！

我不想離開梅拉尼先生。他對我一直非常仁慈和體貼，但克莉絲和我都無法忍受再看到或聽到那個雙性戀虐待狂雪莉亞……因以，我想我又要留下另一張「謝謝」和「我愛你們」的紙條給梅拉尼先生了。

十二月五日

我們每天花十個小時找物色開店地點，卻毫無進展，現在我們決定，或許該在柏克萊附近開店。那邊的學生都妖嬈極了，克莉絲在離職前，拿到一些供貨商的名單，我則確定自己從梅拉尼先生的工作上，可以試著做些原創的東西。克莉絲負責採購與銷售，我做原創作品，應該可以讓我們成為一家有特色的店。

十二月六日

嗯，今天終於找到了——我們的新家。它是緊鄰柏克萊的一棟公寓底樓，現在那附近成了商業區，所以我們可以用廚房和臥室當住家，將客廳和小餐廳改裝成店面和工作室。我們明天要搬進去後開始粉刷。我們有扇漂亮的小凸窗，距離街道只有幾呎，它將成為一扇迷人的展示櫥窗，如果我們重新粉刷並修復家具，應該不致太糟。我們會做各種瘋狂的事，例如用便宜的絨布覆蓋老舊磨損的桌面，價錢要是不高，還可以在椅子鋪上假豹皮，若可行，也能鋪一部分在牆上。再度擁有一個家的感覺真好，我們費盡心思布置，住在裡面。再也不願多花一分錢在別的事物上。

十二月九日

我忙得沒空寫日記。天天工作二十個小時。我們開玩笑說好想要嗑一點「狄克西」，但我們都不會再意志薄弱。我們沒有費多少力氣裝潢臥室，不過展示間充滿我們努力布置的成果。已經有學生停下來告訴我們，店面看起來很棒，問我們何時開張。我們買不起地毯，便將地板漆成紅色，牆壁則是粉紅與白色，並且以溫暖柔和的紅紫色強調。看起來棒呆了。比起用豹皮，我們決定改用假的白色皮毛，效果很好。

克莉絲整天都在拜訪批發商。不管有沒有空睡覺，明天我們要開張了。

十二月十日

克莉絲是懂採買的，因為光是今天，我們營業額就有二十元。她明天勢必得回去補貨。

十二月十二日

我們水管漏水、馬桶不通，並只有部分時段供應熱水，但這真的不重要。學生們停下來看我們放在展示室的電視或只是坐下來閒聊。我們將餐廳椅子鋸短到僅有一呎高，而且就利用這五張椅子（有一張損壞到無法修復），我們布置了一個舒適的小小談話區。今天有個學生建議我們買個冰箱，裡面放些冷飲，然後收取五毛錢做為看電視的費用。我想我們會試試看。其實我們甚至考慮過，如果生意還順利，想弄一組便宜音響。我們的展示室太大了，只需要一半的面積就能做生意。

大多數學生似乎很有錢，他們買得夠多就能確保有椅子坐的特權。

十二月十三日

今天有位男熟客提議，請我們買下他的舊音響，因為他要再組一套新的。我們很高興，今晚要熬夜用紅絲絨和金色圖釘重新布置，明天同學們一定會很驚喜！我很高興自己總是累得一沾床就睡著，因為不想花時間胡思亂想，尤其是想到耶誕節。

十二月十五日

一早，克莉絲提前出門到批發商那兒。我邊聽音樂邊打掃櫥窗。電臺正在播放

〈她要離家〉，不知不覺間我已淚流滿面，好像腦袋裡開了兩道水龍頭。唉，那首歌寫的就是像我和其他成千上萬想要逃家的女孩子。或許耶誕節前後，我該回家一趟。瑞奇那些爛事肯定被清理乾淨了，我可以回去，然後下學其或許可以復學。克莉絲可以擁有整家店，到時我們應該已經站穩腳跟了，也可能她想和我一起回家，但我暫時還不會提起。

十二月十七日

克莉絲和我開始覺得有點單調無聊。所有學生只想談他們的心理障礙和嗑藥時的感覺。還記得外公心臟病發時，不斷呻吟著他的疼痛和痛苦。這些學生開始讓我有似曾相識感。他們從來不討論生命的價值與意義，也不討論他們的親人或什麼，只談誰有貨、明年能賺多少錢、目前誰的錢最少及夠不夠用。那些「瘋子」也開始影響到我了。我懷疑這個國家是否需要發生一次大規模革命來革新。他們討論的一切，似乎既合理又刺激——全部砍掉重練，建立新的國家，賦予它新的愛、分享與和平。但當我獨處時，卻像是服用另一種劇烈藥物。唉，真是令人困惑。我不相信將來的世界是母女、父子對決的世界。也許等我上大學時，也會被父母同化而接受他們的思考方式。如果我有機會的話。

十二月十八日

今天我們關門開溜。這是幾週來的第一次，兩人一起出門。學生和他們的問題已開始讓我們感到厭煩。我們搭了一段漫長而休閒的巴士，然後還闊綽地吃了一頓法國大餐。在穿著舊褲子和工作服辛苦久了，能夠換上整齊的衣服，感覺很爽。但是商店和櫥窗裡那些耶誕節商品，卻讓我們心裡都有點落寞，只是誰也沒說。我甚至假裝不受影響，但對親愛的日記，我無需偽裝。我很寂寞、很傷心，厭惡這段時期和它代表的一切，我覺得自己在浪費生命。我想要回家庭。我不想聽學生們嘰嘰喳喳討論他們可以回家過耶誕節，他們可以寫信、打電話，我卻不能，為什麼我不能呢？我做過的事，這些學生可能也都做過。所有毒蟲都是兼差藥頭，兩者是分不開的。

十二月二十二日

我打電話給媽。她很高興聽見我的聲音，哭得我差點聽不懂她在說什麼，她提議匯錢給我或請爹地過來接我，但我告訴她，我們的錢夠用，而且今晚會搭第一班飛機回去。我們為什麼不早幾週、幾個月、幾世紀前回去呢？我們真笨啊！

十二月二十三日

昨晚宛如上天堂。飛機誤點，但是老爸老媽、提姆和亞歷珊卓都來接我，每個人都像嬰兒般放聲大哭。外公外婆今天也要飛過來看我，留下來一起過耶誕節。我想這是一個最偉大的返鄉記。覺得自己像浪子回頭般被人愛護，我永遠不會再逃家了。

克莉絲的爸媽也來接她，他們的團圓也哭得唏哩嘩啦。但克莉絲離家意外有個好結果，讓她的父母重修舊好，正如他們說的，這是好幾年不曾有過的事。

稍後

我很感激克莉絲和我的冒險旅程獲得成功。店裡的常客之一馬克，幫我們拍了些彩色的拍立得照片，這些讓我們的家人感到慰藉。當然，我們從人生中刪除了在舊金山的歷險，老媽很高興我們沒有淪落到海特—艾許伯里（Haight-Ashbury）的嬉皮區，反正現在都不重要了。

下午，我打到查號臺詢問瑞奇和泰德兩人的電話號碼，但她查不到任何一個。我想他們應該是躲起來了，這讓我鬆了口氣。現在大家都以為逃家是因為我們想學習自力更生。我想我應該查查他們的學籍是否還在學校，以防萬一。

十二月二十四日

香味讓家裡充滿活力。我們烤了蛋糕、派、餅乾和糖果。外婆是個神廚，我知道可以從她那學到不少精湛手藝，而我是真的想學。耶誕樹已經豎起，房子也裝飾好了，今年的耶誕節一定比往年精采。

我打給克莉絲，她狀況很好。她爸媽和住在她家的殘障姑姑朵莉絲，一反常態地竭力對待她。喔，回家真好！我想媽說得對，克莉絲和我以前太執著於負面事物。但我們再也不會了！

十二月二十五日

老友啊，今天是耶誕節，我在等家人醒來，好倒出襪子裡的東西，然後拆禮物。但是，先讓我獨處片刻，我想要在這個特殊與神聖的日子，擁有屬於自己的神奇特別。我想要檢討、悔過和重新出發。現在我可以和其他人一起唱〈齊來忠信聖徒　大家喜樂盈盈〉，因為我很喜樂，這次我真的是！

十二月二十六日

耶誕節隔天多半乏善可陳，但今年我很樂意幫忙老媽和外婆打掃、收拾和丟垃圾。我覺得自己成熟了，不再是小孩，我是大人了！我喜歡這樣！他們已經把我當成一個有個性的個體。我和他們一樣！我是重要的！我是重要的！

青少年有段很崎嶇不安的時期。大人把他們當小孩，卻又期待他們表現像個大人。他們給孩子們的命令，像對待小動物般，但又指望他們的反應成熟、理性、獨立。這是一段困難、迷茫、猶豫的時期。或許我已經度過最糟的部分。我確定，自己已經沒有體力和毅力再來一遍。

十二月二十七日

耶誕節氣氛未消。美好的東西，特殊的日子，所有好事在地球上重生的時候。

啊，我喜歡，我喜歡，我喜歡。彷彿我從未離家出走。

十二月二十八日

閱讀耶誕卡片時，我看到一張是羅傑父母寄來的。這使我心頭亂顫。若是我倆能結婚，那不是很美好的一件事嗎？但這一切的可能性早都結束了，我不要再折磨自己。況且，那或許只是童年的一場夢。

十二月二十九日

老爸老媽計畫在新年辦個派對，邀請老爸系上相關的所有人。聽起來很好玩。外婆正在做她的拿手花椰菜、砂鍋雞和酵母橘子捲。好吃喔！她答應讓我幫忙。再者，克莉絲也要過來。

十二月三十日

今天仍是假日，我整天整夜都很開心！

十二月三十一日

對我來說，今晚將迎接一個美好的新年。我無比謙卑地感激擺脫了這一年。好像做夢似的，希望能把它像日曆般從我的人生中撕掉，至少是後面的六個月。想想今年發生的事，唉，怎麼可能發生在我身上呢？我出身於這個清白、誠實又有愛的家庭耶！但新的一年將是不同的，會充滿活力與希望。我希望有方法，可以永久徹底地抹去我心中的陰霾，但是沒這種方法，所以我只能把它塞回腦中最黑暗、最遙遠的角落與縫隙，或許最終它會被掩蓋，甚至消失。閒聊亂寫夠了，我得下樓去幫外婆和老媽。派對之前，我們有上萬件事要做。振作啊！振作啊！

一月一日

昨晚的派對很好玩。我沒想到爸的朋友會這麼有趣又搞笑。有些人談論法院審理過的離譜案子與上級交辦的傻眼決策。有個怪咖富婆將她的每一分錢留給兩隻巨大的老野貓，牠們戴著鑲鑽項圈在家裡和巷道裡走來走去。她的遺囑指定不能以任何違反自然本能的方式限制這兩隻貓。所以法院僱了四個全職貓保母日夜照管。我懷疑說故事的人誇大了，因為太好笑，但我不確定。或許他們只是很會說故事。

有些父母談論他們的小孩做過的瘋狂事蹟，老爸卻驕傲地說了些關於我的好事……請發揮想像力！

午夜時，每個人都戴上紙帽，敲鐘打鑼，然後我們吃了午夜的點心，外婆、克莉絲、提姆和我一起幫忙端菜。

直到四點才上床，那幾乎是最美好的部分。所有客人離去後，家人、克莉絲和我都換上睡衣，洗好碗盤、收拾整齊，因此輕鬆又快樂。外公親自動手洗碗，肥皂泡沾到他，他竟然還拉開嗓門唱歌。他堅持說，有那麼多那麼忙的事要做，用洗碗機太慢了。爸來回走動，為我們送東西。這實在很棒！不知道賓客們是否和我、爸媽、外公外婆、提姆得到的一樣多？我還在想要是克莉絲的父母不外出，她會想和他們一起過嗎？我想，這些我們永遠不會知道的事可能，反正也不重要。

一月四日

明天我又要上學了。感覺好像離開了很久，不只一個學期。但我敢說此刻的我會很珍惜。我要像西班牙人一樣學習西語會話。以前總認為學外語很蠢，但現在我發現能夠與所有人溝通是非常重要的一件事。

一月五日

克莉絲是三年級，但我們還是聚在一起吃午餐。重新安頓下來有點不適應。

一月六日

太震驚了！今天喬伊・吉格斯過來問我有沒有貨。我差點就忘了，不久前我還是個藥頭。唉，希望風聲別再傳了，讓我可以低調過日子。事實上，最初連喬伊都不相信我已經戒掉了，因此態度很不好，堅持要我給些冰毒（chalk）或什麼都好。我希望喬伊不曾說過這些話。

一月七日

今天沒人再提起禁藥的事。我希望喬伊沒說出去。

一月八日

克莉絲和我都聽說本週末有場派對，但我問過老媽，克莉絲可不可以和我一起去。我相信自己不會再受誘惑，但我不想冒險。我也非常誠實地（至少部分誠實）告訴她，學校裡有群壞孩子在學校推銷迷幻藥，接下來幾週我們需要家人的支持。媽很高興我向她坦白，說她和爸會盡可能在往後幾個週末做些特別安排，然後看克莉絲的父母是否願意接手繼續。知道我們在溝通，而且是超乎語言的心靈溝通，這種溫暖的感覺真好！我真的有個好家庭！

一月十一日

週末，我們全家和克莉絲在山上度過。可能發生的一切都發生了！老爸向同事借了小屋，我們在弄清楚怎麼使用水龍頭和火爐等等之後，情況變得相當奇妙。當天晚上下雪，我們必須輪流剷開車子四周的雪，但是非常好玩。老爸說，他會經常租借旅行車。它會使我們的週末變得多采多姿。當他真的想要做時總是當機立斷，真是神奇。

一月十三日

喬治約我週五晚上出去。他實在不起眼，但我猜是最安全的類型。

一月十四日

連恩午休時來找我，拗我介紹個新藥頭給他。藥頭被逮，讓他真的很痛苦。他扭我的手臂，扭到瘀青，還逼我答應今晚至少幫他弄點大麻。我毫無頭緒，不知該如何應付。克莉絲建議我找喬伊要，但我不想和那些人有任何牽扯。我害怕死了，差點嚇出病來。

一月十五日

親愛的全知之母！昨晚連恩打了兩通電話，堅持要跟我說話，但老媽察覺不對勁，跟他說我病了，絕對不能打擾。她還鼓勵我今天請假留在家裡——試想像她竟然鼓勵我缺課，這有違她一貫的原則。總之，我很感激她的關心，只希望自己也能對她坦誠以對。不曉得連恩對瑞奇和我的事具體知道多少？

一月十七日

喬治帶我參加學校舞會，但是氣氛不佳，因為我整晚想著喬伊和連恩。喬治問我發生了什麼事。我告訴他，連恩曾邀請我，但被我拒絕了。幸好音樂很大聲，我們沒辦法講太多話。我希望他們能放過我！

一月二十日

下週末因老爸分身乏術，所以我們無法出門，但至少大家能找事做。老媽說她會幫我做件塑膠皮的新衣服。

一月二十一日

放學後，葛羅莉亞和芭芭拉來找我，跟我走了一段路回家。我不知該怎麼擺脫她們而不失禮，但希望他們別來煩我了。我們走到榆樹街轉角時，老媽開車經過，我揮手攔下她。我受不了了！回家路上，她不斷讚美葛羅莉亞和芭芭拉，又說我有很多朋友是多好的事，而不應全心全意只把重心放在克莉絲身上。唉，她要曉得實情就好了，要真曉得就好！

一月二十四日

喔，該死，該死，該死，又來了！我不曉得是該得意地大叫，還是狠狠痛哭一場，不管那代表什麼意思。認為使用大麻和迷幻藥不會成癮的人都是該死的蠢蛋、無腦的呆子！我從七月十日開始服用，當停止吸食後，曾經慌得半死，甚至連只要想起任何看似禁藥的東西都難以忍受。我花了好長一段時間，欺騙自己是個可以隨時戒掉的無癮之人！

認為自己只是好奇嘗嘗的那些白痴笨小孩，事實上，已由一個經驗發展至另一個經驗，一旦沾上，你的生命就少不了它。沒有藥的生命是一種陰冷、恐怖而乏味的存在。真的很糟糕。我很高興我又開始服用了。高興！高興！高興！我從來沒像昨晚那麼嗨過。每次重新使用它都是美好的開始，克莉絲也有同感。昨晚，當她打電話來，要我去她家，我便曉得事情不妙。她有點不知所措，但當我抵達，聞到那不可思議的氣味時，我已經和她坐在一起，邊痛哭、邊抽著大麻菸。實在是美妙無比，我已經好久沒抽了。永遠無法形容這有多精采。

後來，我打給老媽，說我想留在克莉絲家過夜，因為她有點沮喪。沮喪？全世界沒有人比服用迷幻藥的人，更懂得沮喪的負面意義。

一月二十六日

克莉絲覺得有罪惡感，但我很高興我們又開始服用藥物。我們屬於這個世界，這個世界也屬於我們！可憐的喬治被迫看我擺臉色。他開車來接我上學，但我一點興趣也沒有。我根本不需要他當司機了。

一月三十日

今天，我和連恩談過，他非常驚訝。他找到了新藥頭，可以供應我任何想要的東西。所以我告訴他，我最喜歡興奮劑（俗稱uppers）。當你能往上爬時，何必勉強呢？

二月六日

生活是多麼難以置信。時間似乎無窮無盡，但一切卻又像箭般快速飛過。我喜歡這樣！

又，老媽很高興我又「活潑起來」了。她喜歡聽到我有電話。這太過分了吧！

二月十三日

昨晚，連恩被抓了。我不知道他們怎麼發現他的，也許是他推銷得太厲害，而且太急著要給那十來歲的孩子。爸媽是那麼和藹且不知情，他們不准我週末夜在外面逗留太久。他們想要保護我，免於歹徒的欺負。我不太擔心連恩。他才十六歲，他們應該不會給他太重的懲罰，可能只是打手心罷了。

二月十八日

連恩被捕後，我們幾乎斷貨，但是克莉絲和我都很有辦法。反正我們能搞定。我想開始服用避孕藥，與其事後煩惱，這樣反倒省事。但避孕藥比迷幻藥更難取得——單從這點，你就知道世界變成什麼模樣！

二月二十三日

親愛的日記，

哇！昨晚警察突擊檢查克莉絲的家，當時他的家人都出去了，我們倆沉著應付，故意裝傻。發誓這是第一次，而且什麼也沒發生，戴藍色警徽的傢伙站在門口，對我們不停搖頭。感謝上帝，他們在我們頭腦還清醒時上門。我懷疑他們是怎麼知道的？

二月二十四日

這是我聽過最好可笑的一件事：老媽擔心她的寶貝女兒可能發生了某件難以啟齒的事，但她無法啟齒。她要我去蘭利醫師那做檢查，這太好笑了吧?!

我花了好些時間，把眼睛睜大，裝出一副無辜表情，甚至假裝不懂她在說什麼。你知道嗎，最後她竟然對懷疑我而感到愧疚。

（？）

我們在關禁閉期間，所以彼此不能見面。下週一開始，爸媽要把我送到心理醫師那兒。我想，這是保釋的交換條件之一。謠傳說，連恩被遣送到某處，我想是勒戒所吧。其實這是他第三次被逮。先前我並不知情。嗯，至少他不會認為我和此事有關，因為我也連帶被抓了。這是我第一次被捕。我想，自己其實挺幸運的。

二月二十七日

知道嗎？老爸老媽盯著我的方式，好像我是六歲的小孩。我還必須像小孩般，放學後直接回家。今早出門時，老媽的叮囑是「放學就趕快回家」。哇！好像我在下午三點半就會嗑茫——這主意倒是不錯喔！

稍後

晚餐後，想到商店買些彩色筆，來完成我的地圖。剛走出門，媽就叫提姆陪我去。這真的太超過了，叫弟弟監視我！他和我一樣不樂意。我幾乎想告訴他，為什麼媽叫他和我去！他活該。他們都活該。我知道我該怎麼做，我應該也拉他嗑藥！或許我會！或許我會用糖果設局，給他一個驚喜。哇！我是怎麼搞的，只希望能確定這只是個幻覺。

三月一日

我快爆炸了。這整套安排已開始讓我厭煩得渾身不自在。我連上廁所都差點要有人陪。

三月二日

今天，我去了心理醫師診所，他是個又肥又醜的矮子，甚至無力減肥。天啊，我真想推薦他服用一些安非他命——可以抑制食慾，同時還能讓他過過癮，那也許才是他需要的，坐在那兒，隔著眼鏡，等我告訴他一些駭人情節。他簡直比發生在我身上的任何事還要糟。

三月五日

賈姫在英文課傳遞試卷時，塞給我兩顆安非他命（co-pilot）。今晚大家睡著後，我要自嗨，實在是等不及了！

（？）*

我好像在丹佛市。當我在過癮時，我走出家門，搭便車來到這裡，但現在安靜至極，好像幻覺似的，或許是因為時間尚早。希望如此，我只有從老爸褲子裡A來的二十元。而且沒貨了。

註＊　以下內容沒有日期。記錄在單張的紙片及紙袋等物品上。

（？）

我和路上認識的幾個學生一起前往奧勒岡，但他們覺得這裡有些無趣，所以想去看看庫斯灣的狀況。我們的藥足夠供應未來兩星期，甚至讓所有人在未來的時間裡都能過癮，只有這才是重點。

三月……

我離家時，除了身上穿的，沒帶任何衣物，我骯髒到覺得它們都黏附在身上。丹佛已經下雪，但奧勒岡這邊卻異常潮溼，情況看起來更糟。我他媽的感冒了，更慘的是，月經來了，卻沒有衛生棉。可惡，但願能來上一管，過癮一下，

（？）

昨晚，我縮在公園的樹叢底下睡覺，而今天下起了毛毛雨，我找不到從丹佛和我過來的那群朋友。最後，我走進一家教堂，詢問一個像是工友的人，問他我該怎麼辦。他叫我坐在那裡等雨停，然後到一個救世軍之類慈善組織的地方。別無選擇，因為我發著高燒、全身溼透、又髒又臭，連自己都受不了。我試圖使用廁所拿來的衛生紙代替衛生棉，天啊，真是不舒服到了極點。唉，要是我有興奮劑就好了。

這座教堂挺不錯。小巧、安靜又乾淨。我開始覺得寂寞到必須離開這裡。試想，我還得在雨中尋找同伴，去找那個什麼鬼的慈善組織了。只希望在大街上，該死的衛生紙不要掉落。

稍後

這真是個好地方！真的！他們讓我洗澡，給了我一些乾淨的舊衣服和衛生棉，即使我說我無法遵守他們的嚴格規矩，仍然給我飯吃。他們希望我在那住幾天，讓他們聯絡我的父母，想辦法彌補彼此間的歧異。他們不讓我嗑藥呼麻，而我也不打算戒掉！這個人真的很好，他甚至開車陪我看醫生，並配了些感冒藥。我實在難受死了，也許那個好心的醫師會給我一些藥讓我舒服點，精神可以好轉！什麼都好！我希望另一個老混蛋的動作能快點，讓我們可以離開。

這裡仍然……管他的。我在候診室認識一個叫朵莉絲的女生，她說我可以和她一起住，因為她的室友夫婦及男朋友在某個晚上離開了。醫師幫我打了一針、給了一瓶維他命，真難想像是維他命耶！他說我身體衰弱又營養不良，就像他看過的多數小孩。不過他真的很親切，表現得很關心，叫我過幾天再回去。我告訴他我沒錢，他只笑說：要是我有，他才會很驚訝呢！

（？）

煩死人的雨終於停了。朵莉絲和我在庫斯灣散步。那邊的商店真不錯！我告訴她，克莉絲和我開得店。朵莉絲想去某個地方，我們在那兒可以吃到一些東西，不過，那並不是很重要的事。朵莉絲有一整罐大麻，所以一段時間都不會斷貨。我們有點飄飄然，雖然身體還是很累，但消沉的情緒暫時離我遠去。

（？）

光是活著就足夠了。我喜歡庫斯灣，也喜歡嗑藥！這裡的人，至少住在附近的人，很好看。他們了解生命，也了解我。我想說什麼、穿什麼都行，沒人在乎。欣賞櫥窗裡的海報，甚至走過灰狗巴士站看看誰來了，都很有趣。我們到了一個製作海報的地方，若幫忙張貼海報，就能得到一些食物。我們在咖啡館、Digger免費商店和迷幻藥店逗留。明天，我們會去看其他景點。朵莉絲在這裡住了幾個月，她熟悉所有事和所有人。當我發現她只有十四歲時，覺得很驚訝。原以為她是個矮小而晚熟的十八、九歲女孩。

（？）

昨晚朵莉絲很消沉，因為我們的大麻和錢都用光了，肚子很餓，而該死的雨又開始下了。這間小套房只有一個瓦斯爐，根本發不出什麼熱量。我的耳朵和鼻竇（看吧，我懂，我有看電視，至少看過）感覺像被倒滿了水泥，胸口悶得像被鐵條綁住。我們原應該走到別處，試著討一些免費的飯菜，但下雨天不值得我們這麼辛苦，所以只好繼續吃麵條和乾麥片。我們聊過有多討厭這裡的觀光客、騙子和乞丐，但我想明天我也要加入他們的行列，設法討到足夠的錢，買些食物和藥。朵莉絲和我，真的兩種都需要。

（？）

喔，好想茫掉，希望有人綁住我，給我注射點什麼。我聽說過止痛劑非常有用。喔，可惡，我希望我有足夠的東西可以結束這種狂癲。

我一直在睡，不曉得今天是哪年哪月的哪一天，誰在乎呢？

該死的雨比昨天更猛烈。好像是整個天空在向我們撒尿。我試過出門，但該死的感冒太嚴重，還沒走到該死的街角前就全身發冷、發抖，所以我折回來穿著厚衣服上床，努力蜷縮維持體溫，讓我不致死掉。我想我正在發高燒，一直昏昏沉沉的狀態中——唉，我需要嗑點藥！那是唯一能阻止我掛掉的事情。我想慘叫，想撞牆，想爬上骯髒、褪色又破爛的窗簾。我必須離開這裡。在我失去理智抓狂前，得趕緊閃人。我恐懼、寂寞又病懨懨。這輩子從沒這麼病過。

我努力不讓自己想家，直到朵莉絲開始說起她悲慘的人生故事，現在我真的徹底崩潰了。天啊，如果我有足夠的錢，我會回家，或至少打個電話。明天我會回教堂，請他們打給我的家人。我不知道，自己一向這麼幸福，為何會表現得這麼混蛋。可憐的朵莉絲，從十歲後便一路坎坷。朵莉絲十歲時，她母親已經結了四次婚，天曉得在中間空檔睡過多少個男人。朵莉絲剛滿十一歲，現任繼父就開始強暴她，而這可憐的小笨蛋根本不知道怎麼辦，因為他威脅說，如果她告訴她母親或任何人，就要宰了她，所以她忍受那個王八蛋蹂躪虐待，直到十二歲。有天，上體育課時，她告訴老師不能做體操，老師把她帶走，才知道她是受了繼父的嚴重傷害。她後來進了青少年收容所，直到他們找到收養家庭。但事情並未獲得改善，因為那裡的兩個青少年兄弟也對她做同樣的事，輪流性侵她。後來有個年長的女孩引誘她，讓她染上毒癮，並且走上同性戀的道路。從那時起，她就脫下褲子和願意提供庇護或解決困難的人上床。

喔，神父，我必須離開這個鬼地方！它正在啃噬、淹沒我！我必須趁著還有能力時，離開這個鬼地方。明天！明天一定要離開！等該死的雨停了之後！

（？）

有誰在乎呢？該死的雨終於停了！天空恢復正常該有的藍色，對這個地方來說相當罕見。朵莉絲和我將逃離這個永恆死亡的地方。南加州有個集會。哇！我們這就來了！

（？）

其實我身體真的很不舒服。我想對這個汙濁的爛世界吐痰。南下的大半路程，我們和一個痴肥、愛搞少女的卡車司機同行，他讓我們搭便車，從肢體凌虐朵莉絲，然後看著她哭泣來獲取快感。停車加油時，即使他威脅我們，我們還是偷偷溜掉。天啊，這是什麼世界！我們終於搭上另一部車，車上都是同類人，他們把大麻分給我們，那一定是自家種植的東西，因為效果弱斃了，我們根本嗨不起來。

（？）

集會本身很棒，迷幻藥、酒和大麻都像空氣一樣免費。即使現在我還看得到顏色，就連玻璃窗的裂痕都是美的。這種生活真美好。他媽的美好到我無法承受了。而且我是其中最燦爛的部分！別人都只是占空間而已。該死的一群笨蛋。我真想把生活推到他們的喉嚨裡，也許他們才會了解人生到底是怎麼一回事。

門邊有個雜亂金髮的胖妹跪在一件綠紫相間的長袍上。和她一起的男人穿了鼻環，還在光頭上畫了五顏六色的紋身圖案。他們不斷對彼此說「愛」。看起來很美。顏色混雜著顏色。人群混雜著人群。

顏色和人群一起在交配。

（？）

我不知道這是怎麼回事，不知道是什麼時候、也不知道在什麼地方！我只知道現在我是撒旦的女祭司，試著在服藥後，測試每個人究竟有多大能耐、究竟能守多大的誓約，同時宣讀我們的誓言。

親愛的日記，

我對每個人都感覺非常不滿又生氣。我真的很困惑。我一向是淘金女，但現在當我面對一個女生，卻感覺像在面對一個男生般。我興奮得性慾高漲。我想和女孩做愛，你知道的，然後我又會緊張害怕。我在某一方面覺得很爽、某一方面卻覺得很爛。我想要結婚有個家庭，卻又害怕。我寧可被男生喜歡而非女生。我寧可和男生做，但又不能。我想我有點失控，有時我會希望有女生來吻我。希望她摸我、讓她睡在我底下，可我又覺得很糟。我會愧疚，讓我非常自責。我想到我媽，想對她呼喊，要她幫我整理房間，因為我就要回家，感覺自己像個男人。然後我病了，我任何人都想要，我應該出去找錢。我真的有病。我真的很嚴重。

親愛的日記，

現在是一千光年後，月球時間。

除了我，大家都在說故事。我沒什麼值得分享的經歷。我所能做的事，只是畫怪獸、內臟及仇恨的圖像。

（？）

又一天，又一次次口交。毛毛細雨不斷下著，直到整個城市泥濘難行。如果我不幫老大吹喇叭，他就切斷我的供給。幹，我內心的恐懼比外表的抖顫更不堪。沒有藥的世界太糟糕了！那個想上我的骯髒白豬知道我的癮頭無法抑止，要我乖乖就範，而他是我唯一知道的貨源，我幾乎要和肥貓、有錢的老不修，甚或所有人上床，以換取一次飄飄然的注射。該死的老大要我先做才給貨。每個人都像死屍似的到處躺，小傑森在喊：「媽咪，爹地現在沒空。他正在搞卡拉。」我必須離開這個糞坑。

（？）

我不曉得他媽的現在幾點鐘，也不知道今天是什麼日子，甚至不知道是哪年、哪個城鎮。我我我昏迷了，或是他們給的藥有問題。我身邊在哈草的女孩臉色蒼白得像蒙娜麗莎，她懷孕了。我問她打算怎麼處理小孩，她只說：「小孩屬於每個人。我們會分享她。」

我想去找個手上有貨的人，但孩子的事讓我耿耿於懷。所以我向她討興奮劑，她只是搖頭，搖得像個呆子，這才發現她完全燒光了。美麗茫然的臉孔後只是一堆枯槁的灰燼，她躺在那兒像什麼都不能做的白痴。

嗯，至少我還沒喪失理智，也沒懷孕。我也可能已經是這樣了。即使我有避孕藥，也無法每次都吃。毒蟲不會避孕，是因為他們根本搞不清楚日期。所以就算我已經懷孕了。那又怎樣呢？有個醫學院的輟學生在附近亂晃，他可以幫忙處理。也許我喪失神智時，有壞蛋來蹂躪我，反正我都會流產。又或許明天會有討厭的炸彈要爆炸。誰曉得？

當我看著周圍這些毒蟲，我真的認為我們是一群怯懦的奇觀。有人要我小便，我就照做，但是我們不曉得自己在做什麼，除非有個王八蛋告訴我們。讓別人替我們思考、做事與行動。讓他們建造道路、車子和房屋，管理電力、瓦斯、水源和下水道。我們只會呆坐在這裡，直到四肢冒水泡，空著腦袋，伸出雙手。天啊，我聽起來好像該死的體制擁護者，而我甚至沒有藥能夠去除嘴裡的異味或驅散那些狗屁念頭。

什麼時候？

一顆雨滴打在額頭上，宛如來自天堂的眼淚。烏雲和天空是在為我哭泣嗎？我在這個廣大灰暗的世界裡，真是孤單無依嗎？有可能是連上帝都在為我哭泣嗎？喔，不會的……不會的……我快瘋了。上帝求求祢，救救我。

（？）

我從天色推測現在是清晨。一直在閱讀被風吹到我身邊的報紙。上面說，有個女孩在公園裡產子，另一個流產，還有兩個身分不明的男孩在夜間死於用藥過量。喔，我真希望自己是他們其中之一！

另一天

我終於和一位真正了解年輕人的老牧師談過。我們滔滔不絕地談論年輕人為何會逃家，然後他打給我爸媽。等待他打電話的空檔，我看著鏡中的自己。不敢相信自己改變得這麼少。本以為會顯得衰老、空洞又蒼白，但我想，我只是內心枯萎崩解而已。老媽在客廳接電話，爸則跑上樓去聽分機，我們三人哭得差點讓線路斷掉。我不懂他們怎麼可能還愛我、還要我，但他們就是如此！他們要！他們要！他們好高興聽到我的消息，得知我一切安好。沒有指責、痛罵、說教之類的。每當我出事，爸總是把整個世界拋下，趕過來接我，真奇怪。我想如果他是負責所有銀河系和全人類的和平工作者，他還是會放下，跑來救我。他愛我！他愛我！他愛我！他真的愛！我只希望我能愛自己。我不知道我怎麼會這樣對待我的家人。但我會彌補他們，這場噩夢已經過去了。我甚至不會再談起或寫下，更不要再想。我要把剩餘的時間用來努力取悅他們。

親愛的日記，

我睡不著，所以在街上晃來晃去。我看來有點嚴肅，因為我不想在父母抵達時覺得怪異。我把頭髮紮成馬尾，還和我能找到的最保守女生交換衣服，換上我在水溝裡找到的白色舊網球鞋。起初在咖啡館裡攀談的同學們，因看到我的外表，顯得有點緊張，但當我告訴他們，我父母要來接我時，他們似乎都很高興。

克莉絲和我在柏克萊那段期間，一點也沒有學生的消息，真是難以置信。就像一個大崩潰，把每件事、每個人變成真空。今晚，我才認識了麥克、瑪莉、海蒂和丁香等人。我可能會用剩餘的頁數來寫他們的事，這樣也好，因為當我回家後，想再買本全新的日記本。親愛的日記，你將成為我的過去。而回家後買的，則是我的未來。所以我得趕快寫下我今晚剛認識的這些人。令我驚訝的是，許多父母和孩子發生的最大困擾竟是頭髮問題！我父母總是找我頭髮的麻煩。他們要我燙起來、剪短別遮住眼睛或綁成馬尾等等。有時我認為這是我們爭議的最大問題。我在咖啡館遇見麥克，他在我解釋過孩子們為什麼對離家感到好奇後，他變得很坦白，告訴我，頭髮也是他的問題之一。他爸非常易怒，有兩次強行剃光他頭髮和鬢角。麥克說，他父母剝奪了他的所有自由和決定權。他被迫改造人性變成機器、被迫照他爸的模式生活。他連在學校選修什麼課都無法自己決定！他想學藝術，但他父母認為只有弱者和廢柴才會選擇當藝術家。最後，他逃家以保全他的人格和理智。所以我告訴麥克那家教堂，他們在我父母和我之間建立了一種人性化、新協議的努力。我希望他去試試。

然後我和朵莉絲聊，我剛遇到她整個茫掉坐在人行道旁。她不確定自己要逃離什麼或奔向哪裡，但她承認，在內心深處她想要回家。

和我談過話的人，有家的都想回家，但他們裹足不前，因為那等於放棄他們的身分。讓我想起成千上萬的孩子，離開家庭，四處流浪。他們是從哪裡來，將往哪裡去？他晚上在哪過夜呢？大多數的人沒錢也沒地方可去。

我想，畢業後，我會從事幼教。又或許成為一名心理學家。至少我了解孩子的立場，能夠幫他們，以彌補我對家人的愧疚。或許經歷這些苦難，對我算是好事，讓我能更了解、更接受人性。

喔，親愛的美妙、信任、友善的日記，這就是我要做的事。我會把往後的人生用來幫助像我一樣的人！我感覺舒服又快樂。我的人生終於有事可做了。哇！迷幻藥已成為過去式。我只使用過幾次較強的毒品，並不喜歡。興奮劑或鎮靜劑，我全都不喜歡。我已經度過這段亂七八糟的時間，絕對徹底地度過了。

稍後

我剛翻閱這幾週來寫的東西，差點被自己眼淚淹死，感覺一陣窒息，它們全是謊話！一派痛苦的邪惡謊話！我不可能寫出那種東西！我不可能做那種事！那是別人，不是我！一定是這樣！一定是！某個邪惡無恥下流的人在我的日記裡書寫，接管了我的生活。是的，肯定是！即使現在寫得這段文字，都覺得自己在說著更大的謊！不是嗎？我的心智受損了嗎？抑或那只是一場噩夢，卻宛若真實嗎？我想，我已經把事實和非事實混在一起。這一切不可能是真的。我一定是瘋了。

直到把眼淚流乾，我仍感覺悲傷，自認為是個倒楣的笨蛋，乞丐似的赤貧、一文不值、悲慘、渺小、卑鄙、可憐、不幸、苦惱、飽受折磨、痛苦、破爛、丟臉、可嘆的人類，但這對我根本無濟於事。我只有兩種選擇；一是自殺，二是幫助他人以彌補自己罪惡的一生。這是我必須走的路，因為我不能再讓家人繼續丟臉和痛苦了。親愛的日記，我已無話可說，除了我愛你，我也愛生命、愛上帝。喔，我是說真的，我真的愛這一切。

第二本

四月六日

真是個開始新日記與新生活的好時機。現在是春天。我又回到家裡，與家人團聚。外公外婆將再度過來探視這個流浪的孫女。提姆和亞歷珊卓仍舊沒變，真是好極了！我不記得誰寫了「神端坐於天國，世上一切平和」這段話，但那正是我的感受。

任何急需回家的人都知道，躺在自己床上的感覺有多棒！我的枕頭！我的床墊！我用過的銀色小鏡子！一切似乎永恆不變，同時又如此古老與嶄新。但是，我懷疑自己能否再度重生。或者，我剩餘的人生會像個行屍走肉！

我做輔導時，真的要努力，因服用迷幻藥是不值得的狗屎！我無法否認服用時的刺激與興奮，但那太危險、太不值得了！就是不值得！此生的每一天，我都會恐懼自己是不是會再度意志薄弱、重蹈覆轍，變成我不想成為的人！我的餘生必須天天奮戰，希望上帝眷顧我。但願我的回家，不會毀掉大家的生活。希望提姆和亞歷珊卓不會因為我回來，而受到不良影響。

四月七日

今天提姆和我在公園裡散步了好久。我坦白告訴他毒品的事，他已經十三歲了，也在學校認識一些呼麻的同學。當然我沒告訴他過去的細節，但我們確實討論到人生中重要的事物，像宗教、上帝、我們的父母、未來、戰爭和同學們茫掉時談論的東西。雖然是不同的東西，但真的很美。提姆對人生有一種清晰、高貴、可敬的看法。我很高興他是我弟、很驕傲他是我弟！我很感激他願意陪我散步。我相信他一定很尷尬，因為每個人都知道我被逮捕過，然後逃家。唉，我搞砸了自己的人生！提姆和我可以相互溝通，他還說他相當擅長彌補與爸媽的代溝。他很能體諒他們身為父母的立場，會嘗試從他們的觀點看事情。他真是個特別的人。我在想他這麼成熟的未來觀和我有多少關係？我知道在我失蹤而爸媽擔心害怕焦慮的快瘋掉期間，他一定想了很多。該死，我真是個白痴。

四月八日

今天外公外婆來了。全家人到機場接他們，我哭得像個大笨蛋。他們似乎老了好多，我知道一大半是我害的。外公的頭髮全白，外婆臉上多了些上次見面時沒看過的深深皺紋。我在一個月內竟造成了這麼多改變！回家的車上，外公緊抓著我的背，就像小時候那樣，悄悄告訴我，我必須忘掉過去的自己。他真是個好人，我真的該努力，只是這不容易。我必須努力再讓他們以我為榮。

稍後

我睡不著，所以起床在房子四周散步。亞歷珊卓的母貓剛生了一窩小貓，我坐在門廊上看牠們。這是個啟示！不需藥物！小貓之外沒有任何東西，而小貓的正像世界上所有柔軟的組合。柔軟到我閉上眼睛，便無法確定是否已掌握住牠，我把那隻叫「快樂」的小貓，放到耳朵邊，感受牠嬌小身軀的溫度，聽牠奇妙的呼嚕聲。然後牠摩挲我的耳朵，感覺強烈到以為自己要炸開了。比嗑藥更過癮，好上一千倍、一百萬倍、一兆倍。這才是真的！柔軟感並非幻覺。還有，夜間呼嘯而過的車輛和蟋蟀。我真的在場。我聽到了，我看到也感覺到了，我希望人生永遠像這樣子！以後也會是這樣！

四月九日

今天我回學校，立刻被叫去校長室。他告訴我，他有一份行為紀錄，還說我是美國年輕女性中的最令人討厭的典型。然後又說，我徹底地自私、沒教養又不成熟，他絕對不會容忍我的任何惡劣行為。然後像丟垃圾似的叫我回班上。真是個混蛋！

如果我對投入心理治療與輔導工作有過任何疑慮，現在可說完全沒有了。孩子們需要理解、傾聽及關愛他們的人。他們需要我！未來的世代需要我！那個愚蠢、白痴的可憐人，卻只會將幾百個學生趕出學校！這將是我個人的新挑戰。他或許能趕走其他人，但趕不走我！今晚我念了四小時的書，看得小腦袋頭暈眼花，直到我完全趕上進度。即使每晚要花掉七、八個小時也一樣！

拜拜。

四月十日

現在我有目標，感覺自己堅強多了。其實我每天都感覺更堅強。或許我真的可以抗拒毒品了，而不是像以前那樣自欺欺人。

四月十一日

親愛的日記，

我實在不想寫這個，因為我想把它永遠逐出腦外，但我很害怕，或許我告訴你之後，就不會顯得那麼害怕。喔，日記，請幫幫我。我好怕。怕到手心冒汗、開始發抖。

我倒敘事情的經過：當時我坐在床上，計畫著要買什麼給老媽當生日禮物，還想著要如何製造驚喜。我無法解釋清楚，它好似滔滔浪潮滾滾而來，我整個人向後滾轉，沒辦法停住它。室內煙霧瀰漫，我以為我在吸毒用品店裡。我們都站著觀看二手貨的廣告，宛若觀看每一種想像得出來的性交易。我開始大笑，我覺得好爽！我是世界上最嗨的人，俯瞰眾生，全世界呈現出各種奇怪的角度和陰影。

然後一切突然轉變成某種地下電影。緩慢、慵懶、詭異的燈光。裸女到處跳舞，和雕像做愛。我記得有個女孩用舌頭舔雕像，他便活了過來，帶著她走進高大的草叢中。我看不清楚真正的情況，但顯然他和她在做愛，我興奮起來，想要放膽跟他們跑。但接下來，我只記得自己又回到街上，伸手行乞，並且對觀光客大喊：「各位好心的大爺們，希望今晚你們和你們的狗都有個美好的高潮。」

然後我像被窒息般，浮在半空中，旋轉煙火和強烈的燈光照在我身上，我是一顆拖著火焰的彗星、是一團旋轉的火炬，燃燒著穿過天空。當我終於回過神來，發現自己赤裸裸躺在地板上。

我還是不敢相信。我是怎麼了？我原只是躺在床上，聽著音樂，計畫著老媽的生日而已啊！

或許那不是回憶。或許是我精神分裂了。與現實脫節的青少年經常發生，不是嗎？不管如何，我真的被搞混了。我甚至無法控制自己的心智。我喪失心智時所寫的字，只是扭曲的小線條和夾雜著許多看不懂的圓形與符號。唉，我該怎麼辦？我必須找人談談。我真的需要。喔，上帝，請祢救救我。我是這般的害怕無助，感到徹骨的寒冷。我只有你了，日記。你和我，相依為命。

稍後

我寫了幾道數學題，還讀了幾頁書。至少我還能閱讀。我背誦了幾行課文，現在我的心智似乎又運作正常。我也做了體操，我想我已經控制了身體。但我希望有人可以發現出了什麼事，或即將會出什麼事。但我找不到可以傾訴的對象，所以我必須忘記這件事。遺忘，遺忘，遺忘，不要再想起以前種種。我就專心籌備老媽的生日派對吧。或許我可以叫提姆和亞歷珊卓放學後，陪她去看場電影，然後當他們回家時，端出一桌好菜。我必須假裝這只是一場噩夢，忘了它。拜託，上帝，讓我忘掉，別再發生了。拜託祢，上帝。

四月十二日

今天我很忙碌，一次也沒想起那檔事。我想，明天就把髮型弄成老媽喜歡的樣子吧！

她應該會高興。

四月十三日

真是個愉快的生日。提姆和亞歷珊卓帶媽去看早場電影，我想她應該比他們更喜歡。老爸必須在辦公室加班。我很慶幸，因為他如果在廚房裡，我會很尷尬，而且不知所措，但結果諸事順利。雞肉看起來像《Better Homes & Gardens's》雜誌內頁的圖片，甚至更好，因為味道好極了，蘆筍軟嫩多汁，肉捲嘗起來就像外婆做的一樣。如果她在這裡，一定會以我為榮。我們享用新鮮水果做的果凍、枯萎的萵苣沙拉加培根醬，生菜有點枯黃，其實是太枯黃了，但是大家都假裝沒發現。老爸逗我說，要是將來成為某人的年輕妻子，他也不會驚訝。我希望他沒發現我眼中的淚水，唉，我多麼希望他說的能成為事實！

我們吃著鮮桃冰淇淋加冰凍碎桃，整餐飯相當可口，尤其這是我第一次獨力完成。亞歷珊卓用自己手的形狀做了個糖果小瓷盤給老媽。看來很可愛，更可愛的是，僅在女童軍老師的協助下，燒製過程完全瞞過老媽。以前我有點嫉妒亞歷珊卓，雖然我愛她，仍對她懷有很強的敵意。但現在，情況不同了。我真的覺得內心開始長出一些美好興奮的新東西。也許就是一種新生的力量在心中滋長萌芽吧？

唉，我真希望有那麼一天，會有人想娶我。

四月十四日

今天我起得很早，所以在提姆和亞歷珊卓來敲浴室門之前，優閒地泡了個澡。很舒服。我喜歡不慌不忙、享受人生。刮完腿毛、腋毛後，第一次仔細觀察自己的身體。身材不錯，但胸部有點小。不曉得若是我做運動，會怎樣呢？但話說回來，我想我也害怕強壯後看起來像頭母牛。我慶幸自己是女生。我甚至喜歡有月經。我想我從來不想當男生。很多女孩子渴望自己是男孩，但我不會。很難相信我曾經頹廢到不知道自己是什麼。唉，但願我能擦掉那些不堪的過去。我知道外公說得對。我必須原諒與遺忘，但我做不到。我就是做不到！每當我想到最美好的事物，黑暗醜陋的過去就像噩夢般湧現，摧毀我一整天的好心情。

（？）

你猜怎麼了？今天你的天才朋友英文考試全部答對了。我知道得高分是因為題目好簡單。數學也考得很好。也許錯了兩、三題，但不會再多了。很棒，對吧?!

四月十九日

天啊！又開始了！我在市中心遇到珍，她邀我今晚去參加「派對」。沒有同學相信我真的會戒掉，因為被逮過的大多數人只是更小心低調而已。我告訴珍：「不要，謝謝。」她只是微笑！嚇死我了。她什麼也沒說。她只向我微笑，好像在說：「我們知道妳會回來。」唉，希望不會。我真的希望不會。

四月二十一日

喬治冷冷地向我說了聲「嗨」。很明顯他沒嗑藥，因此不想和毒蟲有任何瓜葛。學校裡多數人都知道誰有誰沒有，我想和正經的同學在一起，但我對自己狼藉的聲名無計可施。我無法告訴爸媽，但我真的很想外出約會。我不是指和呼麻幫，而是和好孩子。我想要有個男生攬著我一起去看電影。但像我這樣的人，怎麼可能？每個人都知道性和那玩意兒*是分不開的，就我所知，服用迷幻藥者是一群社會寄生蟲——這也是正經學生的想法。

令人悲哀的是，我仍被分類為那一掛的，我想我永遠都無法擺脫！我性經驗這麼多，卻覺得自己像是從來不曾有過。我仍希望有個體貼的男孩愛我，在門口和我吻別。這真是笑話！喔，日記，原諒我。我試著積極表現，但我做不到、做不到。你是我唯一可以掏心掏肺的對象。我想要回去刪除一切，然後重新開始。但我內心衰敗痛苦，害了無數國小、國中學生染上毒癮，而他們可能又回頭影響到其他人。上帝怎麼可能原諒我？祂有什麼理由原諒我？

我想，最好在父母聽到我無法抑制、愚蠢瘋狂的啜泣前，洗好澡。

謝謝你聽我說。

* 指毒品。

四月二十四日

那些人真的開始騷擾我。今天珍打招呼時，撞到我兩次，稱呼我「乖乖南西」和「聖女瑪麗」。但我受夠了，這次我真的受夠了！等到我忍無可忍，我會請求爸媽把我轉到別的學校。問題是，我能去哪裡而不會被人起底呢？我該怎麼告訴爸媽一切，好讓他們同意我轉學？唉，我真的不知道該怎麼辦。我甚至恢復小時候的習慣，開始每晚禱告，但我不僅僅在禱告，而是乞求。我在懇求。

晚安，日記。

四月二十七日

沒朋友真是恐怖。我好孤單、好寂寞。我想這種情形在週末時又比上學日更慘，其實，在任何時候都很糟糕。

四月二十八日

今天老師發回我的報告，沒有一科低於B⁺的成績。我也開始做關於學生與毒品的統計資料。改天，等我不用把全副心力用來念書時，我會告訴你。

五月一日

外公中風，昨天半夜發生的，今天爸媽急忙飛過去。我們放學回家時，他們已經離開。他們真貼心。他們最擔心的就是丟下我。我確信他們知道，我現在有多麼寂寞、多麼沮喪，也相信他們內心和我一樣心疼外公。以前我總認為只有我對事物有感覺，但其實我只是全人類苦難的一小點而已。多數人內心會淌血是件好事，至少這個世界不會變得這麼殘酷和血腥。

要是外公過世，外婆會悲慟難抑。我無法想像她失去他的情景。就像把一個完整的人劈成兩半。可愛的外公，他老是說我是他的「五星上將」。我想明天出門上學前寫信給他，署名「外公的五星上將」。別人不會了解，但他知道。

拜拜。

（？）

老爸打過電話來，看我們是否一切安好，還說外公病情惡化，現在處於昏迷狀態，我們都很擔憂，尤其是亞歷珊卓。我學老媽，照料她上床，並且親吻她、道晚安。她天真地問我，要是她半夜害怕，可不可以來跟我睡。可愛的小東西。但是別人心情很糟糕又沒有答案時，還能向他們說什麼呢？

然後，我去提姆的房間吻別、道晚安。他很難受，我想大家的狀況都不好，老爸也是。

五月四日

提姆、亞歷珊卓和我同時起床，三人一起整理房間、搞定早餐、清洗碗盤。信不信由你，我們非常有效率！

該上學了，如果有什麼重要的事，或悲傷的事，晚上會多寫一點。

晚上九點五十分

老爸打來，狀況還是老樣子。外公的病情又加重了些，但還撐得住。他們真的不知道該怎樣。我想他一定挺危急的。亞歷珊卓抱著我哭了，我自己也想哭。家裡少了爸爸、媽媽，顯得好大、好寂寞又安靜。

五月五日

外公昨夜過世了。後天，大學裡的一位博士會來接我、提姆和亞歷珊卓到機場，搭飛機去參加他的葬禮。這真是令人難以置信，我再也無法看到外公。我懷疑他怎麼了。我希望他不要冰冷或死亡。我無法想像外公的遺體被蟲子和蛆吃掉。我就是無法忍受這個念頭。或許他們用的防腐液只會讓遺體分解成塵土。唉，我真希望如此。

五月八日

無法相信棺材裡躺的是外公。那只是一副疲倦、乾枯的連皮骷髏。唉，我見過死掉的青蛙、鳥、蜥蜴和火雞，但這次令我驚懼不已！這不是真的。就像是一次不好的服藥過量。我很高興自己從未嗑過假藥。但是，如果我的第一次經驗很糟，我就不會再用了。我真希望是這樣。外婆顯得非常溫和平靜。她一手攬著我的肩、一手攬著亞歷珊卓。堅強的外婆甚至在冗長的葬禮中沒掉一滴眼淚。她只是低頭坐在那兒，這是一種令人費解又難以形容的感覺，但我感覺外公就在她身邊。後來我和提姆談到這件事，他也有同感。

當他們把外公的遺體放進墓穴，那是最難過的一刻。絕對是全世界最糟糕的經歷。即使其他家人沒哭，但我和亞歷珊卓都哭了。我試著學他們那樣堅強克制，就是做不到。爸媽和外婆偶爾擦擦眼淚，提姆一直吸鼻涕，而亞歷珊卓還是個小女孩，但我呢，嗯，我自然又丟人現眼了！

五月九日

今晚，外婆和我們一起回家，她會住到學期結束。然後我會陪她回去整理東西，以便搬過來與我們同住，直到她在附近找到公寓。

我不記得這輩子何時這麼累過，甚至無法想像外婆怎麼撐得住，因為我連動一下都很吃力。我們看起來像久病不癒。連小亞歷珊卓都有氣無力。我懷疑我們要花多久的時間才能適應沒有外公的生活？我們還會像以前一樣嗎？親愛的外婆如何適應？她住進新公寓後，我會常去陪她，帶她看電影，陪她散步。

五月十二日

今天早晨，我眺望窗外，看到土壤中冒出新綠芽，我又開始哭得無法抑制。我不太了解重生。我甚至無法想像外公的軀體將會腐敗、變酸、發霉、變成碎片，怎麼可能再重新組合。但我也無法理解，一顆棕色、乾燥、皺癟的唐菖蒲小球根怎麼能重新開花。我想，如果沒腦子的植物球根能做到，那麼上帝也能把原子、分子和肉體再重新組成。這的確讓我感覺好多了，當我對電視、電子或立體音響原理都不懂，我又如何理解死亡呢？甚至連我怎麼存在也不知道。

我在書上看過，人類只使用不到十分之一（我想大約是這個數目）的腦力。試想，如果能充分利用多出來的百分之九十的思考能力，一定非常了不起。那就太棒了！試想如果人類心智有九十倍的效率，這個世界會有多麼完美又神奇？

五月十四日

昨晚，我做了一個夢，夢到外公的屍體長滿蛆和蟲子。我想，萬一我死了，會發生什麼事。蟲子在地底才不管三七二十一，它們不會在乎我年輕、肉體堅硬緊密。幸好老媽聽到我的呻吟聲，進來幫我回過神來。然後我們起來一起喝了些熱牛奶。我仍然害怕，卻不能告訴她發生什麼事。她一定以為我做了些與離家期間有關的噩夢，但我無法告訴她，因為這個更可怕。

喝完牛奶，我還是在發抖，於是我們穿上鞋走到庭院。即使睡衣外披了長袍，還是有點冷。我們談起很多事，包括我想成為一個社會工作者或類似的行業，老媽對我像要協助助別人，感到很高興。她真是善解人意。大家都沒有我這麼幸運！

五月十五日

在學校，我必須強迫自己集中精神、集中精神。我從來不知道死亡對一個人的影響這麼大。我心神不寧，必須振作。

五月十六日

今天，老爸帶我參加大學裡的反戰集會。他對那些學生非常關心與不安，他把我當成大人，和我討論。我很喜歡。老爸並不擔心那些主戰派學生（他認為那些學生只要用強硬手段應付），他擔心的是那些易於被人導入錯誤思想的學生。我也擔心他們。也擔心自己！

後來，我們去看某某醫生，他也非常關心年輕一代。他談到許多關於年輕人的未來，然後念了一堆統計數字，讓我驚訝萬分。他講很快，我都來不及記，但有些像是：每年有一千名大學生自殺、有九千人企圖自殺。而和我同齡的人，罹患性病的比例已增加至百分之二十五，未婚懷孕也不斷攀升，即使服用了避孕藥。他更說，青少年的犯罪和心理疾病急速飆高。其實，他說的，意謂著現在比過去更糟。

我們離開後，由於知道了這麼多的人曾經犯下相同的錯誤，或者因為每個人將發瘋而做出更糟的事情，我不曉得自己是否因此好過一點。但老實說，我不認為這些人該為他們的行為遭受責備，至少不應承受所有責備。大人們似乎也好不到哪裡去。其實，除了老爸，我想不出還有誰可以當總統，但是他有我這種女兒，便永遠不可能當選。

五月十九日

嗯，今天我又被徹底摧毀了。有人在我書包裡放了大麻，我好害怕。我只好蹺課，搭計程車去老爸的辦公室。

我不懂為何他們不肯放過我！他們為什麼要這樣騷擾我？難道我的存在會令他們緊張嗎？我想關鍵就在這裡。我真的認為他們想把我從地球表面抹消，或是把我送進瘋人院。這就好似我揭發了一個龐大的陰謀集團，因此我也活不成！

老爸說，我必須像大人般堅強。他和我談了很久，我真的很感激他這麼愛我，但我知道他並不比我了解他們的動機。此外，他也不知道有瑞奇、連恩及其他所有人。他說，全家人都支持我。但我想，如果當全世界都跟我作對，家庭支持又有何用？就像外公的死亡一樣。每個人都很難過，但是誰也無能為力，包括我！

五月二十日

我又成功讓自己用功讀書了，非常有幫助。至少暫時讓我的心思遠離那些毒品。

五月二十一日

外婆生病了，但老媽認為她只是情緒低落。但願如此！因為她看起來真的很不好。喔，我差點忘了。老爸幫我申請取得大學的圖書館出入證，今天我第一次進去，真的很好玩。我覺得自己看起來很成熟，許多學生還以為我是大學生。很好笑吧？

五月二十二日

今天我在圖書館認識一個男孩子。他叫喬爾．黎姆斯，大一新鮮人。我們一起念書，然後他陪我走到老爸的辦公室。老爸在忙，所以我們坐在大樓前的階梯上等他。我決定對喬爾坦承一切，隨他接不接受（呃，幾乎是所有的事）。我告訴他，我只有十六歲，因為我爸的關係，才有特權進圖書館。

他是個很貼心的人，因為他只笑著，並且說沒關係，因為他並不打算這學期向我求婚。老爸出來後，我們在階梯上坐了一會兒，三人像老朋友般聊天。太棒了！喬爾離開前，問我何時會再去念書，我告訴他，我醒著的時候都在念書，他似乎很滿意。

五月二十三日

親愛的老爸，我應該對他生氣的，但我沒有！他調閱了喬爾的檔案，把他的底細全告訴我。我對老爸偷偷查看檔案、替我收集情報，感到衷心感激。喬爾是個跳級生，雖然剛滿十八歲，已經上大學了。父親早逝，母親在工廠上班，他每天在學校裡擔任七小時的管理員。工時從午夜到隔天早上七點，然後每星期一、三、五的九點鐘上第一堂課。安排得好緊湊！

老爸警告我，不要干擾他念書的時間，我說我不會。但如果他願意每天下午陪我從圖書館走到老爸的辦公室（包括星期六），我看不出這有什麼不好，你說是不是？

晚上

喬爾真的陪我走到老爸的辦公室。幾乎像約會一樣！我們滔滔不絕地笑著、說著。（場面很混亂也很開心）喬爾說，他從來沒交過女朋友，他不了解為什麼我知道那麼多關於他的事。我告訴他，女性都較纖細敏感，如此而已。狡詐！

五月二十五日

今晚，喬爾又陪我走到老爸的辦公室，老爸邀請他明天過來吃晚飯，這並非我的主意。媽說她不反對，我知道她急著想見他，因為爹地一直拿他來開我玩笑。

五月二十六日

我從學校直奔回家，幫老媽打掃家裡，彷彿世界之王即將駕臨似的，我還清查了家裡有我的拿手菜橘子酵母捲的全部原料是否有缺漏。我等不及、等不及了！

稍後

喬爾剛走。這是個美好的夜晚。不知道我為何這麼說，因為整晚他都和老爸黏在一起。我想是因為他七歲時就失去了父親，所以他們能相處融洽。甚至提姆和他說話，也同樣興奮莫名，尤其是關於喬爾的求學過程。（我想提姆已經開始想到大學了！）

我的橘子捲非常完美，連外婆都說和她做得一樣好，喬爾吃了七個！七個耶！他還說，要是還有剩，他要抓一把回去當早餐。要是真有剩，他就不會這麼說了。他非常拘謹。我想問媽媽，可不可以為他做一些，讓他到老爸的辦公室去拿。

五月二十九日

喔，日記，你猜怎樣？老爸在晚餐時，向我們宣布了最美妙的好消息！（他裝得若無其事）他想幫喬爾申請獎學金，而且確定他可以得到，但要花點時間，他要我在搞定之前別說出去。希望我的大嘴巴能憋住。我不太擅長保密這種事。

又，學校裡狀況似乎還好。沒人跟我說話，但也沒人騷擾我。我猜凡事有利就有弊。

六月一日

外婆的房子今天賣掉了，他們決定請搬家工人打包她的所有東西送到倉庫。當她聽到這個消息時，忍不住崩潰大哭。這是我第一次看到她哭。我想，外公的離世，現在連她住了大半輩子的房子也沒了，一切似乎已接近終點。

稍後

我懷疑喬爾是否真的喜歡我？我也不知道他是否認為我可愛、漂亮或迷人？我不知道自己對他說是不是一個非常重要的女孩？希望他喜歡我，因為我很喜歡他。其實，我想我真的愛上他了……

喬爾．黎姆斯太太

喬爾．黎姆斯夫人

喬爾．黎姆斯夫婦

喬爾．黎姆斯博士伉儷

看起來很不錯吧！

六月二日

拉森太太剛打來說，珍原本答應當保母，但最後一刻她打電話來取消，聽來正是珍的作風。好吧，我想我在那兒也可以像在這裡一樣念書。我得趕快收拾自己的東西。

晚點見！

下午

親愛的日記，

我真得很累、很哀傷、很疲倦，而且受夠了。

拉森太太離開後約半小時，珍跑上門說她要當保母，因為她需要錢。但我不能允許，因為她嗑茫了，拉森太太的寶寶才四個月大。但她不肯走，最後我只好打給她的父母，請他們來接她。我告訴他們，她病了，但是他們抵達時，她恍神得很厲害。把音響開得很大聲，已經把嬰兒嚇醒，但我根本不敢幫她換尿片，因為不確定珍會做出什麼事。她嗨到她父母必須動手把她拖上車，他們倆都哭了，求我不要舉發她。

唉，我希望做了正確的事，或許不該叫她父母來，但我真的無法趕走她，當然我也不能讓她和嬰兒獨處。我可以想像，明天會在學校聽到什麼傳聞。轟！根本沒人願意聽我的說法。況且，毒蟲不懂會不會傷害嬰兒。他們真的什麼也不懂。

六月三日

爸媽說昨晚我做了該做的事，他們很抱歉不能在現場幫我。其實，除了通知珍的父母，他們還能做什麼？而且，要是他們在場，事情可能會更糟。

下午

今天，珍在走廊上遇到我，臉上露出前所未有的怨恨與敵意。「我會找妳算帳，妳他媽的純潔小姐。」她幾乎是在眾人面前大聲喊出來。我試圖解釋，但她轉身就走，好像我是空氣。

後來，我去圖書館。喬爾知道有事不對勁，我告訴他，我感冒了，感覺很糟糕。（感覺很糟的部分是實話）他說最好吃點阿斯匹靈，好好休息。正直的人，生活總是簡單的。

（？）

我不知道珍是怎麼對同學們說的，但她一定散播了什麼醜陋的謠言，因為現在我遭受白眼和竊笑，這遠比孤單和被漠視還糟糕。我希望我能和喬爾談談，但我緊張到根本無法去圖書館念書。我就帶些書本回家，在房間裡看吧。（我的房間就是我的全宇宙）

（？）

喬爾剛從圖書館打來，因為他很擔心我。他和老爸的祕書打聽過，但她什麼也不知道。我很高興他打電話來，但我告訴他，我病了，這星期都沒辦法上圖書館。（唉，我是病了，我受夠了那些亂七八糟的大麻菸鬼、毒蟲和痴呆同學的迫害。）喬爾問我，要是他每晚打電話來，我會不會介意？我高興極了，只差沒告訴他，我會在電話旁守著。你知道，我會的！

六月七日

半夜，外婆的病情惡化了。我想，她少了外公就失去生存意志。早上，她沒走出房間吃早餐。我用托盤送進去，但她幾乎什麼也沒吃。今晚我得回去陪她，不能照我原先計畫上圖書館了。喬爾會理解的。

拜了。

六月八日

我被逼到不知如何是好。當我走下斜坡時，珍側身走過來低聲說：「妳最好告訴妳那留馬尾的小妹，不要接受陌生人、甚至朋友的糖果，尤其是妳的朋友。」但是珍不可能那麼做的！她不會！無論她怎麼看我，肯定不會拿亞歷珊卓出氣，是吧？她會嗎？但願我能讓她明白，但是卻不知該怎麼做。

唉，我想和爸媽、喬爾和提姆商量，但我做什麼都似乎只會讓情況變得更糟。我想，我必須在晚間聊時，提到某些存心報復的孩子，把迷幻藥加進糖果或口香糖裡，然後發送出去。或許我可以告訴他們，有位老師說過，一名底特律的學生就是這樣死的。他們就會小心一點。他們真的必須很小心！

六月九日

我從商店走回家，一輛載滿同學的車子停在我身邊，然後開始大喊。

「嘿，這不是萬人騎的純潔小姐嗎。」

「不，這是抓耙子小姐。」

「超級大嘴巴小姐。兩倍、三倍的告密嘴小姐。」

「如果我們把大麻菸藏到她老爸的車上，不曉得會怎樣？」

「如果她的教授老爸被捕，那不就好棒棒？」

然後他們用書上的每種髒字罵我，歇斯底里地大笑著把車開走，丟下情緒崩潰、萬分疲憊的我。我想，他們只是想威脅我，企圖把我逼瘋。

但誰曉得呢？去年夏天，我看過有些嗑茫的小孩，把貓放進洗衣機，打開電源，只為了想看看會發生什麼事。或許他們真的想知道爸會有何反應。

他們真是一群差勁瘋狂的混蛋，我不會讓他們輕易得逞的。但我也不認為他們會這麼過分。或許我不予理會，最後會覺得無趣而罷手。

六月十日

生平第一次這麼肯定，即使把我關在一間放滿迷幻藥、安非他命及世界上各種興奮劑的房間裡，都只會令我反感，因為我看到它對我以前的朋友造成了什麼影響。若不是為了禁藥，他們肯定不會這麼無情地找我麻煩。他們會嗎？

今天，有人把燃燒的蟑螂丟進我的置物櫃，校長把我叫出教室時，連他都知道我不會做這種蠢事。我的新外套燒了個大洞，有些紙張著了火，把一切都熏黑了。他要我指出任何可能的兇手，雖然我懷疑珍，但不敢告她的狀，當然我也不想供出校內的其他毒蟲。大家都會針對我。更何況，他們還可能殺了我。我真的很怕。

六月十一日

我很慶幸學期快結束了，明年或許我可以去西雅圖上學，寄住在金妮阿姨和亞瑟姨丈家。真希望外婆沒賣掉房子，但她病得這麼厲害，我也不能住在那裡。

又，我到大學圖書館去，喬爾和我在戶外草坪上坐了一會兒，但是情況不一樣了。所有事情似乎每天都在惡化。我希望喬爾是爸的兒子，而我從來沒有出生。

六月十二日

今晚有舞會，但我自然不會去。連以前帶我去的喬治現在也冷眼看我，甚或經過我身邊連正眼也不看一眼。顯然謠言傳開了。我根本無法想像他們正在傳播什麼，更不知如何遏止。

（？）

我想呼麻幫想要把我徹底逼瘋，而他們幾乎成功了。今天，老媽和我在市場遇到了瑪西母女。他們停下來聊天時，瑪西轉向我，臉上露出優雅笑容說：「今晚我們有個聚會，這是妳最後的機會了。」

我盡可能冷靜地說：「不，謝謝！」但我覺得自己快要窒息。她母親就站在她身邊耶！然後她同樣甜美地微笑說：「妳最好來，因為無論如何我們都會逮到妳。」你能相信嗎？一個出身有教養、可敬家庭中的十五歲少女，竟在公共場合威脅另一名的女孩，尤其是在乾淨明亮的蔬果區。我以為我就要瘋了；我的心智就要當場墜落地面融化。

回家途中，老媽問我為何這麼沉默。然後她問我，為什麼不請善良的瑪西·葛林到家裡來玩。哈，善良的瑪西·葛林！或許我真的瘋了。或許這些事其實根本沒發生過。

六月十六日

昨晚，外婆在睡夢中過世。我努力告訴自己，她是去陪外公了，但我卻沮喪到只能想像蟲子吞食她的遺體。空洞的眼窩裡擠滿了蠕動的蛆。我吃不下東西。全家人都瘋了，每個人都在擔心葬禮的事。可憐的老媽，兩個月內連續失去至親，她怎麼受得了？我想，要是我現在失去母親，一定會死掉。我努力想幫她，讓她好過些，但我累得必須強迫自己踏出每一步。

六月十七日

喬爾得知外婆死訊，打來告訴我，他很難過。他真的帶給我很多力量，還提議明天葬禮後過來。我好高興他要來。我真的很需要他。

六月十九日

我想，今天支撐我的是，知道喬爾會在家裡等我。每當我想哭時，就會想到他坐在客廳，這樣才能讓我好過一點。我希望媽也有事可想，因為她真的很低落。我從沒看過她狀況這麼糟。老爸盡力地想讓老媽開心，但我不認為他能說服她。

我們回家後，喬爾和我坐在後院聊了很久。他父親在他七歲時過世，此後便經常思考生死問題。他的感受和想法都好成熟，好像已活過十萬年。他是個非常有靈性的人，不管是宗教或精神層面，他的感受深刻。我想我們這一代的孩子大部分都是這樣。即使服用毒品時，許多同學都以為他們看到了上帝，或是正在與上帝交流。喬爾離開時，他第一次非常溫柔地吻我的唇。他好善良，希望有一天我們可以在一起。我真的想。

今天最糟的事，就是看著溫柔脆弱的外婆被放進黑暗無盡的洞穴裡。那洞穴吞噬了她，當他們將泥土剷到棺木上時，我差點尖叫出來。但喬爾說不要老想著這件事，因為那並非死亡的真正意義。我想他說得沒錯。我只是無法將它從腦中抽離。

六月二十日

學期結束後，很多社團活動正在進行，我努力避免受傷，因為我無法參加。我想，外婆才剛過世，參加社團活動也不適當。不過，老實說，親愛的好友，我實在厭煩了被排擠，還要假裝不受到傷害。我厭倦的想再度離家，而且永遠不回來。

六月二十二日

昨晚，一票同學在派對上被逮，今天他們都怪到我頭上。珍在商店裡湊過來說，這次我脫不了告密的嫌疑。我試著告訴她，我什麼也不知道，但她照例什麼也聽不進去。

如果他們又來找我麻煩，我真的不知道自己能不能撐下去。即使有喬爾和家人的支持，我真的不認為我受得了。這實在太超過了。

六月二十三日

一切都不對勁，我再也無法忍受。我真的沒辦法！今天只是走在公園旁的街上，卻被一個根本不認識的男生抓住威脅。他一直拉扯扭轉我的手臂，並用各種髒話辱罵。很多同學經過，我想尖叫卻叫不出聲。誰會救我？正直的同學根本不知道我還活著。然後他把我推到矮樹叢後面吻我。真是讓我反胃。他把舌頭伸進我嘴裡，一直攪來攪去，直到我哭泣哽咽。接著，他還說，必須和我好好搞一次；又說最好別告訴任何人，否則他會回來，跟我談一談。

我害怕得跑去××先生的法律事務所，請他開車送我回家。他和老媽都以為我病了，就安置我上床睡覺。我是病了。到現在我仍無法停止嘔吐，無法專心。我該怎麼辦？我該怎麼辦？我不能告訴媽，外婆外公死後，我怎麼能再讓她傷心。唉，我該怎麼辦？

有輛車剛閃著頭燈大鳴喇叭經過，全家都跑出去看是怎麼回事，除了我。我已經不在乎了。

六月二十四日

今天，吃早餐時，我告訴家人，又受到那些同學的霸凌。老爸提議去找某些家長談談，但我求他不要這樣做，因為這只會讓情況更糟。我還要老爸把車門鎖好，因為有人威脅說要在車上放大麻菸。當然，我也得再度警告提姆和亞歷珊卓，但這些都無濟於事。我感覺像是被圍攻，腹背受敵，別人卻不當一回事。老爸認為同學們只是在捉弄我，不會真做出任何不利我的事。我無法告訴他昨天發生的事，我想我只好讓他繼續以為一切其實都還好。

稍後

今天下午，體貼的老媽開車送我去大學找喬爾。她說她得去老爸的辦公室拿東西，但我知道她用心良苦。

我和喬爾談了一會兒後，不知道自己為何會那麼做，我請他陪我散步，心慌意亂之下，對他說出部分真相。我原不想告訴他的，但現在卻慶幸自己這麼做。他的反應正如我一向的預期。他說他是真的關心我，他相信我能夠應付，因為我是個堅強善良的好人。也許是學期結束，他即將回家，才這麼說，但他把父親留給他的金表送給我，我則將外婆的戒指給了他。真糟糕。我覺得今天是全世界所有黑暗日子裡最灰暗的一天。

六月二十五日

今天，我們班上像瘋人院，大家跑來跑去準備今晚的年度「學期結束」狂歡會。呼麻幫根本沒人理我，我很高興。或許他們另有計畫。像我們這麼大的一所高中，怎麼會分裂成兩個完全不同的世界，彼此互不認識。也許還有更多不同的世界？學校其實像個小銀河系，每個少數團體都是一個小世界，窮人一國，富人一國，毒蟲一國，又或許連好命的毒蟲和背景平凡的毒蟲也各自一國？我們完全不了解另一個世界，直到有人想從這個星球跳到另一個。這難道是罪過嗎？或者真正的問題是，想要回到原來的世界？當然，並非所有吸食過毒品的同學都會想到這個問題，對吧？我想我將會發現，至少可以嘗試。克莉絲很幸運，她們一家人搬去了一個沒人認識她的城市。

又，我看到三名正經的同學，他們問我要不要參加狂歡會等等。或許隔閡已經消除。但願如此。

六月二十七日

直到十一點半我才醒來，感覺愉快得快要爆炸。小鳥在窗外唱歌。夏天到了，親愛的朋友，我還活蹦亂跳，快樂地躺在自己親愛的床上，真是溫馨無比。真該為自己歡呼！我想去上暑修班，多學點額外的課程。或許明年夏天可以到大學念一些暑期課程。一定很好玩！

七月一日

真是無法置信，這是七月的第一天。我希望喬爾能來，瞧瞧這裡的一切有多麼美好。他已經寫來好幾封信，說他很孤獨。他母親似乎人不錯，但顯然不是很聰明，他渴望有個像我爸媽具有啟發性的人可以談心。他要我聽他的話去參加一些遊樂活動，為了我們倆去享受它。幾個月前，我停掉了鋼琴課，今天我又開始了。老師給了我一首難到離譜的協奏曲，但我還是會彈的得心應手。我希望喬爾以我的音樂才華及其他事情為榮！

又，提姆和我昨天散步很久，我們在商店看到珍、在公園看到瑪西，她們都對我視而不見。呀呼！學期結束，她們終於不再找麻煩，我又可以自由自在了。這是全宇宙最美妙、最快樂的感覺吧？我高興得快死掉了。

七月三日

今天又是美麗的一天，老爸拍了外婆的墓和終於裝好的墓碑照片。墓碑很漂亮，但我在想她的身體現在腐敗到什麼程度了，還有外公，他的身體一定是面目全非！改天，我要去圖書館借一本有關防腐保存的書，看看這種事到底是怎麼發生的。我懷疑爸媽和提姆會不會想這些，或者只有我？因為過去的經驗，讓我懷有病態心理？我並非如此，因為喬爾說他父親過世時，他也想過同樣的事，當時他才七歲。

七月七日

拉森太太出車禍，撞斷了一條腿，我每天去她家打掃房子、幫拉森先生煮飯和照顧寶寶，直到拉森太太的母親趕來。（未來的婚姻生活預習！）小盧安是個可愛的孩子，我很喜歡他。現在我得去開始我的新工作。（希望拉森先生別老是在醫院吃飯，因為我想練習做菜。）

拜拜。

（？）

我親愛、珍貴的朋友，

我好感激他們願意讓媽把你鎖在小箱子裡帶給我。當護士逼我使用密碼，把你和備用鉛筆、鋼筆倒出來時，我覺得非常尷尬。但我想他們只是為了安全起見，才檢查確認裡面是否夾帶藥物。我毫無真實感。我一定變成別人。仍然無法相信發生在我身上的事。窗戶裝了厚重的鐵絲網，我想那比鐵柵好。我明白，我正在某種醫療監獄裡。

我試著拼湊整件事，但是卻辦不到。護士和醫師不斷告訴我，我會感覺舒服些，但我還是不清醒。無法闔眼，因為蟲子還在我身上爬。牠們正在吃我。牠們爬過我的鼻子、在我的嘴裡啃咬，喔，天啊……我必須把你收回盒子裡，因為蛆從我流血扭曲的雙手爬到你的頁面上了。我會把你鎖起來。你會很安全。

（？）

今天我感覺好些。他們拆了我手上的繃帶換新。毫無疑問的我的手傷得很重。整個指尖都撕裂了，兩片指甲完全脫落，其餘的也幾乎少了一半。寫字時手會痛，但如果不寫，我會瘋掉的希望我能寫信給喬爾，但我能說什麼，況且雙手繃帶綁得像拳擊手套，沒人看得懂我的字。我的身體仍有蟲子在爬，但我開始能夠忍受，與它們和平相處，或者其實我已經死了，它們只是用我的靈魂做實驗？

（？）

蟲子首先吃掉我女性的部分。它們幾乎吃掉了我的陰道和乳房，現在它們在吃我的嘴巴和喉嚨。希望醫師和護士們願意讓我的靈魂死掉，但他們仍試圖想要重新結合我的肉體與靈魂。

（？）

今天醒來時，感覺神清氣爽。我想是藥效過了。護士告訴我，我來這兒已經十天了，當我回頭去看我寫的東西，完全不知所云。

（？）

今天我的手接受某種光線照射，以便快點痊癒。他們不給我鏡子，但我感覺得到，我的臉一定抓壞了，還有我的膝蓋、腳和手肘也有抓痕，其實我身體多數地方都有扭傷、打傷和瘀青。我懷疑我的雙手是否還能恢復到從前那樣。光線下，我的指尖看起來像煎炸中的漢堡。他們給我一罐噴霧劑，用來緩解疼痛。手上沒繃帶了，但我希望綁著繃帶，因為我必須不斷地看著它，才能確保不會長蟲。

（？）

今天有隻蒼蠅飛進我的房間，我忍不住尖叫。我好怕牠會在我臉上、手上和身體產下更多的蟲卵。動用了兩個護士才打死牠。我不能讓蒼蠅碰到我。或許我不能再睡覺了。

（？）

我剛下床走到鏡子前。我的四根腳趾都包著夾板，我想它們也骨折了。更慘的是，我幾乎認不出自己。我的臉浮腫瘀血、傷痕累累，頭髮被扯掉好幾片，好像鬼剃頭。或許這不是真正的我。

（？）

起床時，又弄斷了兩根腳趾，所以現在雙腳都上了石膏。爸媽每天過來看我，但他們逗留的時間不長——我們無話好說，除非我的心智恢復正常。

（？）

我昏沉沉的，頭痛欲裂。護士卻說只是腦震盪的關係。蟲子已經全部消失。大概是被殺蟲劑殺死了。

（？）

我不明白自己是怎麼吃到迷幻藥的。老爸說有人把它放在花生巧克力上，我想他說得沒錯，因為我記得我幫嬰兒洗好澡，就吃了花生巧克力。當時，我以為是拉森先生放在那讓我驚喜。現在回想起來，我還是不明白，為何當時拉森先生一言不發地放了糖就走。那部分的記憶一片空白。其實我很驚訝自己記得每件事。我想，不論有多少傷害加諸在我身上，心智還是能正常運作。醫生說那很正常，因為需要很大的衝擊，才能造成人腦永遠無法運作。希望沒錯，因為我感覺自己已經承受很多了。

總之，我記得糖果讓我想起外公，因為他最喜歡吃花生巧克力球。我也記得開始暈眩作嘔。我記得曾撥電話給老媽，要她來接我和寶寶。我知道有人要陷害我。可是我不清楚，因為當我試著回想，一切都很模糊，但我確實記得曾打電話回家，而且費了一番力氣才撥完。當時忙線中，我不太記得接下來發生什麼事，除了我在尖叫，外公在那裡幫我，但是他的身上爬滿了燃燒的、詭異的蟲和卵，那些蟲紛紛掉落在身旁的地上。他想扶我起來，但他的手只剩骷髏，其餘部分都被蠕動、團繞、忙碌的的蟲子啃得乾乾淨淨。它們吃個不停。兩個眼窩爬滿噁心的白色軟體動物，又在他的肌肉鑽進鑽出，此起彼落發出磷光。蟲和蛆不斷湧向嬰兒房，我想踩死它們或用手打死它們，但是它們的繁殖速度快過我能殺的速度。它們開始爬到我的手、臉和身體。它們鑽進我鼻子、嘴巴和喉嚨裡，令我窒息。絛蟲、毛蟲和蛆分解了我的肌膚，爬在我的身上，吞噬我。

外公在叫我，但我無法離開肉體，我也不想跟他走，因為他嚇到我，令我作嘔。他被啃得很嚴重，我幾乎認不得他。他指著身邊的棺材。我試著逃走，但是成千上萬的其他死人和動物都想把我推進去，強行闔上棺蓋。我不停慘叫，想要爬出來，但他們不肯放我走。

我想，是我在趕走蛆蟲時，親手扯裂自己的肌肉和頭髮。但我不曉得自己是怎麼撞到頭的。或許那時我正試著把蛆蟲趕出我的腦袋，我真的不記得，這像是很久很久以前的事，寫下這些讓我累到不行。這輩子我沒有這麼累過。

（？）

爸媽相信有人對我下藥！他們相信，他們相信！他們相信我！我大概知道是誰幹的，但我永遠也無法證實。我只能照他們建議的盡量休息、快點復原。不要再去想過去發生的事。幸好我沒有傷到小孩。感謝上帝。

（？）

過幾天，我就要被轉送到另一家醫院。我原本希望能回家，因為我的手腳正在復原，多數瘀青也開始消褪。醫生說，我的手要花一年的時間才能改善，兩枚指甲已經長了出來，再過幾週應該就可以見人了。

我的臉幾乎恢復正常，禿頭的地方也開始長出小絨毛。媽媽帶了剪刀來，她和護士把我的頭髮剪得好短好短。看來就像狗啃，但媽媽說，我可以在一週或兩週內出院，再到美容院去修剪。我可不想讓任何人看到我這副狼狽樣。

我還是會做有關蛆蟲的噩夢，但我努力克制自己，不再提起。提起它們有什麼好處呢？我知道蟲子不是真的，每個人都知道那是幻覺，不過偶爾又顯得很逼真，我甚至感覺得到它們身上的溫度和黏膩柔軟的脂肪。每當我的鼻子或哪個傷疤發癢，就必須極力忍耐，以免發出尖叫求救聲。

（？）

媽帶了一疊喬爾寫的信給我。她寫信告訴他，我重病住院，現正在醫院休養，此後他就天天寫信。某天晚上，他甚至打電話來，媽不想讓他知道太多，所以告訴他，我有點精神崩潰。

唉，這也是一種形容方式啦！

七月二十二日

今天媽來看我時，看得出她哭過了，所以我努力裝出快樂的表情。幸好我這麼做，因為他們正準備送我去精神療養院、瘋人院、杜鵑窩、怪胎中心，讓我可以和其他白痴、瘋子一起混。我嚇得連氣都喘不過來。

老爸試著用很專業的口問向我解釋，但他顯然也被這件事給搞得很慌亂。只是沒有我嚴重。沒有人比得上我的驚恐與傷心。

他說，我的案子在少年法庭受審時，珍和瑪西都指證我，過去這幾週來企圖販賣迷幻藥和大麻菸給她們，還說我在學校是眾所周知的毒蟲與藥頭。

情況真的對我很不利。我有吸毒紀錄。老爸說，當拉森太太的鄰居聽到我尖叫時，曾和園丁過來查看出了什麼事。他們以為我瘋了，把我關在一個小衣櫃裡，接著跑去查看嬰兒是否受到傷害，然後報警。警察抵達時，我嚴重自殘，想要徒手把牆上的石膏刮掉，並試圖逃跑，還用頭去撞門，直到頭骨破裂又腦震盪。

現在，他們要把我送去瘋人院，也許那才是我的歸屬。老爸說，我不會在那裡待太久，他會立刻上訴，請求假釋，把我轉診至更高明的精神醫師。

爸媽一直稱呼我要去的地方是青少年中心，但他們騙不了任何人。連他們自己都無法自圓其說。他們要送我去瘋人院！我不懂怎麼會演變成這樣？怎麼可能？別人也有過不良的服藥過程，但是他們並沒有被送去瘋人院。他們也說我看見的蛆蟲子不過是心理因素，但他們竟然要把我送到一個比棺木蛆蟲更可怕的地方。我不懂為什麼我會碰上這種事。我想，我完蛋了，一輩子都翻不了身。喔，拜託，拜託別讓他們惡搞我、別讓他們把我和瘋子關在一起。我很怕。請讓我回家睡在自己的房間。拜託，上帝。

七月二十三日

我的保釋官來接我到州立精神病院，我在此登記、接受詢問等等，只差沒按指紋。然後，我被帶到精神醫師的辦公室，他和我談了一會兒。但我沒什麼話說，因為我根本無法思考。腦中不斷重複的是，我好怕、我好怕、我好怕。

接著，他們帶我走過一條發臭、醜陋、雜亂、油漆剝落的舊走廊，經過一道上鎖的門，我進去後，它們在身後鎖上。我的心臟狂跳，以為它隨時會炸開，把血濺在整條走廊上。我耳中聽見心跳聲，幾乎無法跨出一步。

我們沿著一條暗無止境的走廊，瞥見這裡的某些人，才發現我不屬於這裡。我無法克服身在瘋人世界中所懷有的感覺，不管內外在，我都不屬於這裡，但我卻身在其中。這太離譜了，對吧？所以你知道的，親愛的朋友，我唯一的朋友，我無處可去，因為全世界都瘋了。

七月二十四日

漫漫長夜。世界上任何事在這裡都可能發生，永遠沒人猜得到。

七月二十五日

今天早上六點半，他們叫醒我吃難以下嚥的早餐，我睡眼惺忪直發抖，然後被帶過陰暗的長廊，進入中央有鐵窗的大金屬門。鑰匙哐噹作響插入鎖孔，我們來到另一側。門再度鎖上。日間照護員講了很多，但我其實沒聽進去。我的耳朵堵住了，可能是因為恐懼。接著，他們帶我去兩棟大樓外的青少年中心，有兩個流口水的男子和另一個在掃落葉的員工從旁經過。

青少年中心有五十或六十、甚至七十名的孩子，來回晃蕩，準備上課，或者做些什麼。他們似乎都很正常，除了一個看來與我年齡相仿但高出八到十吋、至少重了五十磅的胖妞。她在休息室的彈珠臺底下愚蠢地伸懶腰，還有個男生不斷點頭，而且喃喃自語。

鐘聲響起，除了那兩個笨蛋，所有的孩子都走了。休息室裡只剩下我和他們。終於有個胖女士（駐校護士）走進來，說如果我想擁有上學的資格，必須去看米勒醫師，簽署一張承諾書，表示我已經準備好遵守中心的所有規則。

我說我準備好了，但米勒醫師不在，所以我整個上午泡在休息室裡看那兩個呆瓜，一個睡覺，一個點頭。我不知道自己傷痕累累的臉和雜草般的亂髮，會給他們產生什麼瘋狂印象。

整個漫長的早晨，鈴聲不斷，人來人往。大廳的小圓桌上有一疊雜誌，但我沒心情翻閱。我的心思飛速轉動卻毫無心得。

十一點半，護士瑪姬帶我去餐廳。同學們無目的的走來走去，沒一個看起來像應該關起來的瘋子，但他們顯然都是。餐點有義大利麵和起士，加了些香腸切片和罐頭青豆，還有看起來爛糊糊的布丁。努力吃飯真是浪費時間。我什麼也嚥不下。

很多同學在互相聊天說笑，很顯然他們和老師、治療師和社工人員彼此間直呼其名。我想，大概除了醫師外，每個人都是。似乎沒人像我一樣畏懼。他們剛來時會怕嗎？或是他們仍然害怕，但故作堅強嗎？我不懂他們怎麼會在這裡。老實說，青少年中心不像監獄那麼糟。幾乎就像一所小型學校，但醫院本身卻令人難以忍受。發臭的走廊、冷漠的員工及深鎖的鐵柵門。真是可怕的噩夢，這是不愉快的嗑藥體驗，這是此生我所能想像的最可怕的事物。

下午，米勒醫師終於回來了，我必須找他談談。他告訴我，醫院無法幫我，員工無法幫我，老師無法幫我，被證明很有效的課程也無法幫我，除非我希望得到幫助！他還說，在我克服自己的問題之前，必須先承認自己有問題，但是，我沒問題怎麼承認？現在我知道，即使我被毒品淹沒，也仍然能夠抗拒它。但是，除了爸媽和提姆，我希望還有喬爾，我如能夠說服其他人，這次我其實沒有故意嗑藥？這真是讓人難以置信，我的第一次和害我淪落瘋人院的最後一次，都是在毫不知情的情況下，被人下藥。唉，沒人會相信世上竟有這種笨蛋。即使我曉得這是真的，都難以相信。

在我害怕得根本說不出話來時，怎麼可能承認任何事？我只是在米勒醫師的辦公室裡，坐著點頭，迴避開口。反正開口也說不出話來。

兩點三十分，孩子們放學，有些人去打球，有些被帶到這裡接受團體治療。

第一位醫師和保釋官對我說的話，有些又回到我的腦子。孩子們分兩組。第一組的孩子努力服從所有規定，以求獲釋，並擁有各種特權。第二組有點頑固。他們不遵守規定，會發怒、咒罵、偷竊、發生性行為之類的，所以他們事事受到限制。希望這裡沒有大麻菸。我知道自己能抗拒，但如果我再出事，我想我一定會瘋掉。我想醫師們知道自己在做什麼，但我好寂寞、好失落又好害怕。我想我真的快瘋了。

四點三十分，我們返回牢房，像動物園的動物再度被關起來的時間。我的牢房除了我，還有六女五男，謝天謝地，如果不是這樣，我簡直沒法自己回來。我注意到，每當房門鎖上時，他們都有點畏縮（像我這樣）。

當我們通過一個年紀較大的女孩面前時，她說，今天一切平安無事。一位年紀最小的女孩轉身說：「去你的！」我驚訝得看著天花板，以為會掉在她頭上，但除了我，根本沒人在意。

七月二十六日

昨天我和你提過的小女生就住在我隔壁房間。才十三歲，似乎隨時都一副欲哭的模樣。我問她在這裡多久了，她說：「永恆，就是永恆。」

晚餐時間，她陪我走到吃飯的地方，和我一起坐在長桌上，但是不吃飯。當晚剩餘的時間，我們可以在牢房四周到處走，沒地方去也沒事可做。我好想告訴爸媽這裡的情況，但我不敢。那只會讓他們更擔心。

牢房裡有個老女人是淫蕩的酒鬼，她嚇壞我了，但我更為芭比擔心。怎樣才能阻止這個髒東西對我們下手？今晚我們經過時，她對我們做了些動作，我問芭比，是否能制止她的行為。但芭比聳肩說，我們可以把情形告訴管理員，但最好別理她。

接著，發生了很詭異又可怕的事。我們坐在某個「休閒室」裡，和別人大眼瞪小眼，就像猴群看著猴群。當我問芭比可否到我房間談談時，她說我們不可以在房間裡做愛，但明天可以在儲藏室找機會。我不知道該說什麼！她以為我想勾引她，我震驚得說不出話來。稍後我想解釋，但她又開始談自己的事，彷彿我不在場。

她說她十三歲，已經嗑藥兩年。十歲時，父母離異，她被送去和當建築商、已經再婚的爸爸住。雖然一切相安無事，但她嫉妒新媽媽的孩子，感覺自己像個外人。然後她不在家的時間愈來愈長，卻告訴繼母說學校有事，必須上圖書館等等。這是平常的藉口，其實她只又一半的時間在學校。但是她仍能拿到優秀的成績，所以父母並不以為意。最後，學校通知家裡，說她曠課太多，但她告訴父親，學校太大太多人，誰也搞不清楚誰沒到，是他們搞錯了。我不知道她父親怎麼會相信這種話，但他的確信了。我在想，如果他不相信，就可能有更多麻煩。

總之，實際的情況是芭比透過她在日場電影院認識的三十二歲男子，染上了毒癮。她沒告訴我細節，但我相信這個人不僅餵她毒品，並且教她一些人生大事。幾個月後，他跑掉了，後來她發現，要找個男人太容易了。她才十二歲，就已經是個雛妓。她靜靜地告訴我這些事，看起來很平靜，而我卻感覺好痛苦。但即使我哭了（我沒哭），她也不會在意，因她說得非常入神。

她吸毒約一年後，眼尖的父母開始起疑。但即使在那時，他們也沒有好好與她溝通。他們只是問她很多問題、暗中監視。後來，她搶劫了在電影院認識的一個男人，搭巴士到洛杉磯。有個朋友告訴她，雛妓謀生一點也不困難，根據芭比的說法，那個朋友說得一點沒錯。她到洛杉磯的第二天，到處遊蕩，一位衣著光鮮的女人帶她去××大道的一間大公寓。她抵達時，那裡頭已有許多年齡相仿的女孩，而迷幻藥就放在糖果罐內。不到半小時，她便人事不知了。

清醒後，那女人告訴她，她可以住下來，並且還可以去上學。她說她每天只需為她工作兩小時——多半在下午。所以，隔天她便以雇主姪女的身分在學校註冊，開始過著高級雛妓的生活。芭比寄宿期間，那女人有四個姪女。司機接送她們上下學，她們從來沒看到自己賺的錢。她們多數時間只是像猴子似的坐在公寓裡，從未真正交談，也沒去過任何地方。

這件事真是令人難以置信，我試著問她問題，但她說個不停，既哀傷又疏離，我想她說的的確是實話。況且在經歷過那麼多事後，我什麼都願意相信。一切都很難以置信，所以你願意相信任何事，很悲哀吧？

幾週後，芭比逃走，搭便車到舊金山。但在舊金山，她遭到四個男人挾持並強暴。當她伸手向行人要錢打電話回家時，卻沒人願意給她一毛錢。她說，她寧可爬回家，被人關在櫃子裡，但當我問她為何不報警或上醫院，她只是吼叫，並向地板吐口水。

後來，我想她終於和父母取得連繫，但是當他們抵達舊金山時，她卻和一個自製迷幻藥的男人跑了。兩人住在公社之類的鬼地方，最終她像我一樣來到了這裡。

唉，日記，我真慶幸擁有你，因為關在這個獸籠裡完全無事可做，每個人都是這麼瘋狂。沒有你，我活不下去。

走廊遠處，有個女人在哀嘆呻吟，發出很奇怪的聲音。即使用我生病受傷的雙手摀住耳朵、用枕頭蓋頭，也無法隔絕那個連綿淒厲的咕嚕聲。我這輩子是否還能在睡覺時不必用舌頭卡在牙齒間阻止顫抖，把那可怖的聲音從腦中剝除，不再畏懼呢？這不可能是真的！我只是嗑到假藥。一定是的。我想他們明天會載一整車的學生來，然後著鐵柵餵我們花生。

七月二十七日

親愛的日記，

我肯定瘋了，至少失控了，因為我剛試著禱告。我想請上帝救我，但我只說得出幾個字，晦暗無用的字眼，它們全都掉在我身旁的地板上，然後滾到角落或床底。我試過，我真的很努力回想「現在我躺下睡覺……」之後該說什麼，但那只是文字，無用、做作、沉重的文字，沒有意義也沒有力量。就像現在是我獄友的那個嘔吐女的白痴囈語。它們只是一些無用沉悶的反覆字句，既無意義有沒有力量。有時，我想死亡是離開這個牢獄的唯一捷徑。

七月二十九日

今天獲准上學。在這裡，上學是特權。沒什麼比呆坐著沒事做又要捱過無盡的幾百萬個小時更黑暗、更淒涼、更空虛了。

我在睡夢中一定哭過，因為今早我的枕頭溼了，而且我完全沒力氣。國中生有兩個老師，我們也有兩個。他們似乎都很和藹，多數的孩子顯得很克制。我想是因為他們怕被送回無人之地，那個只能孤獨遊蕩的世界。

我想，人類可以適應任何事，即使被關在監牢裡。今晚，當他們鎖上沉重的大門，我並不感覺特別沮喪，也可能我只是哭累了。

芭比和我坐著聊了一會兒，我整理她的頭髮，但一生中歡樂的時光都已遠去。我開始盲目地活著，只是活著，跟她一樣心不在焉。

牢房裡的其他女孩，或談笑，或看電視，或溜進廁所抽菸，但芭比和我只想保持清醒。

這裡每個人都抽菸，走廊上臭味與煙霧瀰漫不散，根本無處可通風。煙霧就像我們，被困在這裡，混亂不堪。

看護員都佩戴著固定在圍兜上鏗鏘作響的沉重鑰匙。那些刺耳的碰撞聲，一度讓我們陷入絕望。

七月三十日

晚上，芭比到休息室看電視，我很嫉妒。我會變成一個粗魯的老太婆，因為小孩子比較喜歡和她分享香菸的老女人而生氣嗎？

不可能！我不可能這樣！

七月三十一日

放學後，我們在青少年中心的休息室進行團體治療。聽別人的經歷很有趣。我很想問所有人剛來時有什麼感覺，但我不敢開口。蘿西很生氣，覺得大家都不理她，於是有人告訴她，她難以相處的原因：因為她愛操縱人，又愛黏著人不放。起先她生氣咒罵，但在治療結束前，我想她會更了解自己了，應該會的。

然後，他們討論其他人為什麼會「愈陷愈深」的問題，挺有趣的。或許我待在這裡，也能有所成長。

治療後，現任組長卡特（他們每六星期投票選出一名新組長）坐下來和我聊。他叫我坦白公開地提出我的想法、憤怒和恐懼來檢視。他告訴我，這些東西藏在心裡時似乎會被放大扭曲而失真。他還說，他剛來時，害怕到整整三天講不出任何話來。他的肉體無法說話！基本上，他被送來是因為沒人能應付他。他待過少年監獄、勒戒學校和收養家庭，次數多到數不清，但想到身在精神病院真的嚇死他了。

他告所我，一旦有進步，而且證明我們能夠自制，就可以轉進第二組。他進過第二組兩次，都因為脾氣不好被送回來。他也說第二組的學生在兩週後就要搭巴士到山上的岩洞裡去玩。唉，我也想去旅行。我必須離開這裡！我一定得離開。

八月一日

今天，爸媽來看我。他們仍然相信我，爸去看過珍。他說不久後，珍可能會收回她指稱我曾販賣毒品的證詞。

我好感激團體治療。現在或許我能在這裡有點收穫，而非被它擊敗。

八月二日

我和米勒醫生談了一會兒，我想他會相信我說的話！他似乎很高興我想從事社會工作，感覺社會上很需要了解實況的人。他建議我詢問這裡某些孩子的背景，或許能幫我更了解別人；但他也警告我，不要對發現的某些事太過震驚。我想，他大概以為這個世界還有東西可以嚇住我。還好他不全然了解我的底細，至少我想他不知道吧？

起先我覺得自己太害羞，不敢直接詢問孩子們關於他們的背景，但他說，如果我告訴孩子們，我想知道，他們會樂意告訴我。我還是不確定是否想窺探別人的隱私。我完全不確定自己會不會告訴他們我的過去。我想我應該會，除了那些最糟的部分。

今晚，我看了一會兒電視，但這個監牢只有六個青少年，卻有三十個年長女性，我們必須投票決定看哪個節目，她們自是占盡優勢。反正我想我寧可看書或寫日記。我勸芭比看點書，我想要是我督促她，或許明天她會到青少年中心圖書館借書。如果她能集中思考，不再回顧過去，會有所幫助。她的社工人員已在想辦法，安排她去領養家庭，但以她的背景似乎有些困難，顯然她父母再也不要她了。真是太悲慘了！

八月三日

這是個是美麗、炎熱又慵懶的一天。當我們躺在外面的草地上，我鼓起勇氣問住在同棟男性監獄的湯姆，問他為什麼來到這裡。

湯姆是個英俊討喜、口齒伶俐的年輕人。他十五歲，是很容易相處的那種人。他說，他來自小康家庭，舒適而完美。國三那年，他被選為全校最受歡迎人物。我想要是我們學校也舉辦這種活動，我會當選最笨的白痴學生。

去年春天，他和三個朋友聽說吸食強力膠好像挺刺激的，於是他們買了兩管來試。他說同伴們都很嗨，覺得太棒了。我可以從他的眼神看出來，至今仍覺得棒極了。

他說，他們大吼大叫，在地板上打滾，同學的爸爸上樓來大罵，喝止他們安靜點。他根本沒懷疑他們正在吸毒。他認為他們只是像往常一樣在打鬧。

一週後，同樣的三個人偷喝老爸的威士忌，但是不太喜歡，而且發現酒比大麻菸和藥丸更難買。他還說了些我以前聽過的事，當他們弄不到別的東西時，甚至連減肥藥、鎮靜劑、感冒藥、提神藥、安眠藥或其他任何能提供「刺激」的東西，只要能解饞。所以他從剛開始的淺嘗，但六個月後，他說他缺錢到必須找份工作。於是他找了最合理的地方——藥房。經裡過了相當長的時間才發現藥品短少。當時，他「開除湯姆」以保留他的家族顏面。除了湯姆和經理，沒人曉得是怎麼一回事。然而，即使被開除，湯姆依然故我，因為這時毒癮已深，並不太在意發生了什麼事。有個朋友介紹他到「史麥克」那裡，於是他開始販毒，以維持自己的開銷。然後，就被送到這裡。依我淺見，他仍然忘不了過往時光，因為現在他談起毒品仍露出嚮往的神情。我注意到，坐在我們附近的茱莉幾乎也有相同反應。有點像看到別人打哈欠，你也會被吸引而跟著打。我很慶幸自己毫無感覺，但我寧可沒問過，因為看到他們等不及想回到那個迷幻世界，真令人洩氣。

唉，我討厭這裡！骯髒的浴室，充滿尿騷味。還有拘禁犯規者的鐵籠。有個縱火狂老婦一直被關在這種籠子裡。我無法忍受，這些人真是糟糕透頂。

八月四日

今天我們去游泳。回程途中的巴士上，坐我旁邊的瑪姬・安告訴我，她根本不想出去。因為一出去，同學們就會來騷擾她，想讓她故態復萌，而她無法抗拒。然後，她看著我說：「何不我們一起出去，就我們兩個。我知道哪裡可以馬上弄到貨。」

八月五日

爸媽今天又來看我，還帶了喬爾寫的十頁長信。媽要我立刻看信，但我想等到獨處時。它對我十分重要，我真的不想和你之外的任何人分享。況且我想我有點擔心，因為老爸把實情告訴了喬爾，至少是他所知的部分。所以我還是晚點再拆信吧。

老爸說，他終於讓珍簽了宣誓書，聲明我並未在學校販毒。現在她和老爸都在想辦法讓瑪西撤回她的謊言。爸說，只要她撤回證詞，相信很快就能讓我離開這裡。
我既害怕卻又忍不住期盼，在這個最絕望的地方懷抱著希望，讓我好想哭。

稍後

喬爾的信鼓舞了我。本來很怕看他的信，但現在我很高興自己看了。他真是世界上最溫暖、最體諒、最熱情、最可愛的人，我等不及我們秋天就可以相聚在一起。我知道我不會再有毒品問題，但我是個笨蛋，不成熟、幼稚、不切實際、無可救藥的弱者，將來一定要好好表現，讓喬爾以我為榮。唉，我希望他現在就在這裡。希望我能像其他家人一樣堅強。我希望，我希望，我希望。

八月八日

喔，燦爛、神奇、美好、不可思議的一天！陽光燦爛、鳥語花香的一天！無法形容我有多快樂。我就要離開這裡了！我要回家了！今天所有文件會簽好，明天爸媽會來接我。唉，像下輩子般遙遠的明天。我高興得想大叫！但是，這也許會使他們再度把我關起來。其實我對這裡的說法不公平。這裡雖然很糟糕，還是好過勒戒學校。凱說如果她被送去ＤＴ，她就能學會書上的每種下流招式。在這裡，她可以不再學壞，只跟她認識的人攪和。我想，大家差不多都這樣。

我不敢相信我真的要回家了。天上一定有人在幫我，喔，一定是親愛的外公。

稍後

我睡不著，醒來後開始想著芭比。我真的很歉疚，因為我就要離開，她卻得留在這兒。或許當一切的噩夢褪盡，我變得更堅強時，我們可以回來接她。但，這是多麼幼稚的想法。人生不會真的那樣，真是可惜。但我無法不去想它。

八月九日

終於，我終於回家了。提姆和亞歷珊卓都很高興看到我，我真的很慚愧，這幾個月來搞得一塌糊塗。接著，快樂跑來舔我的臉和手。我以為老媽要哭了。我只是高興外婆、外公沒有活著看到這一幕。

我想，老爸一定知道我的感受，因為他是如此關愛我。親愛的、親愛的老爸，他總是善解人意。我們全家聊了一會兒，他提議我先上樓休息。太好了，因為我想在自己的房間裡和心愛的窗簾、壁紙、床鋪獨處，感受置身家裡，而美好親切的家人就在樓下。我好感激、好感激他們不討厭我，而我卻贈恨著自己。

八月十日

親愛的日記，

現在，凌晨兩點，剛體會到生平最甜美的感覺，因我又開始禱告了。其實我只是想感謝上帝讓我離開牢房，帶我回家，但後來我開始想到珍和瑪西，生平第一次，我真心希望上帝也能幫幫她們。希望她們完全變好，不必在瘋人院裡過一輩子。喔，拜託上帝，我希望她們好起來。請幫她們，也幫幫我。

八月十二日

老爸得到一個到東部為期兩週的講座課程機會，真是太美妙了！當然對心臟病發作的××博士卻是不太美妙，我希望他能馬上好起來。無論如何，老爸臨時要去代他的班，我們都會住在他們的豪宅裡，享受一切。真是太棒了。

八月十四日

汽車旅館只剩一間雙人房，所以亞歷珊卓和我睡一張床，爸媽睡另一張，提姆只好打地鋪，因為他們連臨時加床都沒有。但是他不介意——他說就像在戶外露營。我們抽籤決定誰先使用浴室。我排最後，但是沒關係，因為我想寫日記。

要是喬爾在這裡，一切就更完美了。他是我們生活中缺少的一個美好的人。但是，我想，那樣會有點亂，大家擠在一個房間、使用一個浴室，因為我們根本還沒結婚。如果我們結婚了，就更不好意思了，但是我又不能不讓自己想到這件事。我的人生不會再有性愛，直到我嫁給某個男人，至死不分離，甚至認為死後我們仍會在一起。我就是無法想像，公正的上帝讓世人相愛，他們上天堂後卻要單身。外婆外公和老爸老媽除非在一起，否則是不可能快樂的。我相信外婆過世是因為她無法忍受天人兩隔。要是沒有外公，她會感到事事不順心。

我懷疑媽除了爸以外，有沒有吻過別的男人。喔，我確信她有，因為老爸有時會用韓福瑞來逗她，但我知道她沒和他上床。在老媽和外婆年輕時，做出那種事的女孩不多。我希望至今仍然是那樣。我想保持處女之身嫁給某人，然後發現人生是怎麼回事，那會輕鬆得多。我懷疑我會是怎樣？或許會很棒，因為我除了嗑茫掉的時候外，從未做愛，基本上算是處女，而且我相信，要是沒有毒品，發生那種事，我會嚇得瘋掉。只希望我和心愛的人結婚後，能夠忘掉發生過的一切。這是個美好想法，不是嗎？和你愛的人上床。

輪到我用浴室，我得走了。

再見。

八月十七日

嗯，我們安頓好了。老爸今天開始授課，下午我們要去城裡逛逛。當我們開車進城時，天色昏暗，但這個社區很不錯，到處是翠綠與芬芳。我真高興我們來了。不過因為昨天和前天晚上，爸媽一路輪流開車，大家都累壞了。兩天一夜的車程，令我們精疲力竭，但看到鄉村景致倒是相當有趣，所以我們還是很高興地定居下來。老爸說我們要住一段時間才回家，或許還會經過芝加哥，去看看喬爾。那就太好了！我又喜又怕，甚至不敢放手寫字和吃東西。

八月二十日

想像我參加大學茶會的樣子！還有更驚人的，雖然它有點沉悶，但是我竟然喜歡。我一定是長大了。

再見。

八月二十二日

嗯，不用再尋找神力女超人了！昨天我顯然走進了一大叢毒藤裡，害慘了自己。這附近的毒藤不多，但你永遠猜不到誰會碰上！

我全身紅腫發癢，眼睛腫脹得幾乎睜不開，情況真慘。醫師替我打了一針，但他的語氣聽起來不太樂觀。討厭！

八月二十四日

我不曉得毒藤傳染力這麼強，現在亞歷珊卓也被傳染了。她沒有我這麼嚴重，但還是發癢、不舒服。大學派人來問我，在哪遭遇毒藤，以便他們將其剷除，但我連它長什麼樣子都不曉得。

八月二十七日

萬歲！週末我們要去紐約。明天，老媽、提姆、亞歷珊卓和我要搭火車出發，直到週一才回來。很棒吧！所有商店和一切——我等不及了。我的毒藤過敏減弱到只剩粉紅斑點，我相信化妝就能夠遮掩。希望可以。明天我們要搭七點十五分的火車，爸說我可以買新的學校用品。萬歲！萬歲！

八月二十九日

真是令人無法置信，曼哈頓這麼悶熱。當我們待在大商店裡就還好，但只要一走到街上，就像置身在火爐裡。人行道冒出雲霧般的熱氣，不曉得住這裡的人怎能忍受。喬爾說芝加哥也一樣糟，但是，我真的無法相信。總之，我們大半個上午都在布魯明黛（Bloomingdale）百貨公司購物，然後下午到無線電城去看電影，逃避酷熱。

搭地鐵是我們犯得天大錯誤。人潮把我們擠得像罐子裡的泡菜，味道也不好聞。有個肥胖的老婦人抓著我旁邊的拉環，無袖衣服露出腋下最不可思議的鳥巢。那是我這輩子見過最醜陋的畫面。但願提姆沒注意到，否則他可能會永遠厭惡女人。

明天，我們要去現代藝術博物館及其他幾個地方。今天晚上，我想大家都會睡不著，因為我們都覺得非常不舒服。

九月二日

我們終究無法路過芝加哥。大學做了人事調整，爸必須回去了。他提議繞路去芝加哥停留一會兒，是因為不想讓我失望，但我不能那麼孩子氣——況且再過幾週，我就可以見到喬爾，而我們又不是訂婚了。但我希望我們是！

九月四日

整天整夜開車實在辛苦。老爸看起來雙眼浮腫，亞歷珊卓則是坐立難安。真希望我能幫忙開車，但老爸說，沒駕照絕對不能。等我一成年就要盡快取得駕照。

再放一首排行榜流行歌，我就要發瘋了！

九月六日

終於到家了。可憐的老爸必須到大學去，我知道他累壞了。連我這個年紀的人都這麼倦怠，我不知道他怎麼還走得動。老媽在家裡走來走去，像隻小鳥般吱吱喳喳，我想，那是因為她到家了。家，家，喔，多麼美麗、神奇、可愛的字眼啊！

我甚至開始感覺好起來了。幾個鐘頭前，我們都以為可能活不過幾分鐘，現在我們都重新振作。亞歷珊卓跑去崔莎家接回小狗甜心和她的小貓快樂；提姆在他房間、亞歷珊卓所謂的「臭房間」裡東摸西摸；而我也把自己關在可愛的房間裡做喜歡的事，和我的書本、雜物自得其樂。我無法決定先做什麼，是彈我的鋼琴？還是窩在這看喜愛的書？抑或是先睡一覺？

我想，瞌睡蟲大獲全勝。

九月七日

今天，我在商店遇到小芳，她邀我今晚到她家的泳池游泳。不錯吧？或許今後我可以回到正經同學的圈子，那麼嗑藥幫就不敢來煩我了。那不是很好嗎？總之，小芳和她姊姊都學水上芭蕾，我對游泳也不擅長，但是她說可以教我。但願我不會淹死或一頭撞到池底的淺端。

九月十日

我不了解自己為何會這麼缺乏安全感。我認識小芳沒多久，但我幾乎嫉妒她的所有朋友。我認為他們都比我漂亮、聰明，沒人真正想要跟我混，這是相當愚蠢的想法，因為他們一直邀我隨時過來玩。我想我只是個討厭鬼。但願他們沒聽過關於我的那些負面傳說。我真的不知道珍、瑪西、嗑藥幫和誰說過我的謠言，但我希望不是全校。唉，但願我不會再受傷。我懷疑是不是所有女生都像我這麼羞怯？如果我認為某個男生可能約我出去，那麼我會害怕他不來約；如果他真的約了，我又害怕自己不敢赴約。

就像昨晚，我們正在游泳，一群男生經過，親切的小芳爸爸請他們進來喝杯果汁。所以我們玩鬧了一段時間，打開天井的水管，在溼水泥地上跳舞。很好玩，我想我看起來一定挺可愛的，因有個叫法蘭克的男孩約我出去。其實他想送我回家，但我想留下來幫小芳收拾東西。我想，我再也不願與男孩交往了。老媽說，那是因為我感到恐懼和猶疑，希望她的話是對的。我真希望她是對的！

九月十一日

小芳一早就打電話來。下週五她要辦派對，邀請男孩子來參加。今天下午我要過去幫忙籌畫，但我真的寧可不參加。瓦利昨晚約了她，今晚她要和他去看電影。我有點希望她別去。我不知道為何擔心她，她比我還大幾個月，但我總覺得男生是多數麻煩的根源。至少，他們對我是這樣。我在胡謅些什麼。今天早上，我看到一篇關於自我認同與責任的文章，文章上說，如果不允許孩子為自己做決定，這孩子將永遠長不大；而在他們還沒有判斷能力前，卻必須自行決定的小孩，也同樣不會成長。我認為我兩者都不是，但這是個有趣的說法。

拜拜。

九月十六日

你猜怎麼了？我以前的鋼琴老師××夫人打電話過來，她要我在傑出學生演奏會上擔任獨奏。她甚至還想租借大學的小講堂，把我的照片印在廣告單上。她知道我的手受傷，所以發表會到秋季才舉行，哇，令人振奮吧！我不知道自己這麼厲害耶！我真的都不知道！

她想找個晚上來拜見我的父母，並且和他們討論整個計畫，但老實說，我還在飄飄然，不敢相信這是真的。我是說，我天天練琴，有事沒事也坐在這裡練琴，我演奏只為了好玩，因為我不像提姆和亞歷珊卓那麼愛看電視節目，但又不能一直看書。我真的沒發現自己彈得那麼好。我不知道同學們是否認為這種事很蠢。我不希望讓他們產生誤會，尤其現在我們正在培養友好關係。我想，我會等待，與小芳商量這件事，但我會等到她的派對過後。我知道目前她滿腦子只有派對。

又，我收到喬爾寫來許多貼心話的信，他等不及要見我。我沒告訴他，我也有同感，但我相信他知道。

九月十七日

人算不如天算，我的月經來了！現在我也得小心這一點了！不曉得要是我買棉條而非普通衛生棉，老媽會不會生氣？她可能會，所以最好不要貿然行事——但是，它真的會搞砸明晚的計畫。唉，也許沒關係。我還是可以一直穿著新的方格呢褲和新上衣，只是不太方便。唉，好吧，既然我無計可施，不妨快樂一點。是不是？

晚安。

九月十八日

今天早上，我看著天空，發現夏天就要過去了，讓我很難過，因為，我覺得夏天根本沒有來。唉，我不希望它結束。我不想變老。我竟有這種愚蠢的恐懼。親愛的朋友，有一天我會變老，卻沒有真正年輕過。不曉得蒼老會不會這麼快就發生，或者我早已毀了自己的一生。你想生命會不會在你發現前，就悄然離去？天啊，光是想到這個，就讓我不寒而慄。

（？）

天啊，我真是笨蛋！竟忘了明天是老爸的生日，我完全忘了。提姆和老媽打算全家到外面吃一頓，但是我忙於小芳與其他同學的聚會，他們不想用細節煩我，這樣你就知道誰是這個家的怪胎了。好吧，自責也沒用。我必須為老爸買一個別致的禮物，讓大家驚喜。

拜拜。

九月十九日

老媽說得對。我對小芳派對的預感完全失準。結果很棒、很棒、很棒。小芳的父母人真的很好，現場所有同學也都是好人。傑斯是明年的學生會主席，黛絲是女主席，還有茱蒂和其他人。記得一年前，我還覺得他們是群無聊的老古板，但現在只希望他們能再給我一次機會，不要排斥我。

我懷疑如果我真的成熟，我會接受這個事實，雖然是陳年舊事，遲早會有人開始談論我被逮捕過，然後每個好孩子的父母會叫他們不要和我在一起，因為我會毀掉他們的名譽。每個好孩子都會懷疑我的本性是個怎樣的人。要是他們聽說我進過精神醫院，我能夠想像他們腦子會怎麼想、嘴立會說出什麼話！你會以為全校九百多個學生，我可以從一邊跳到另一邊，如果他們允許，我就可以！喔，我可以！拜託，接納我吧！

或許我該真正坦誠面對，告訴小芳和她父母。你想他們會理解，或只是讓大家尷尬而已？我想遲早我必須告訴小芳，關於精神病院的事。她已經問過我的手傷，我覺得不該再說謊欺騙。但願我知道該怎麼辦處理這些事，那就不用坐在這裡窮擔心了。我知道爸媽比我還不知所措。他們保持沉默，不確定自己親近的人是否好友有困難。人生為何這麼艱難？我們為何不能只做自己，讓大家接受我們的真面目？我為何不能保持我的現狀，不必對我的過去和未來擔心、生氣與難過。討厭自己永遠必須擔心，明天珍、連恩、瑪西和其他人會不會搔擾我？有時候我希望我沒有出生。

我懷疑如果好人法蘭克知道我的本質會怎麼想？他可能像受驚的兔子跑掉，或者以為她可以對我為所欲為，特別是這種事。

真希望我睡得著。有時候時間過得好快，讓人目不暇給，就像過去兩、三週飛逝而過，很詭異吧。幾小時、幾分鐘、幾天、幾週和幾個月互相融合成迅速的一團模糊。老爸的生日是今天，明天則是我。若是一百年前，我可能已經嫁人了，在外面某個農場上生兒育女。我想我仍是幸運的，尚未走過大半輩子，我的人生正在前頭展開。但無論如何，我必須開始像個大人般謹言慎行，凡事想清楚。

稍後

唉，今天下午，我替老爸買了件毛背心。我知道他會喜歡，因為他在泰勒先生（Mr. Taylor）的櫥窗中看過一件類似的毛衣，還說，如果他不想穿西裝上班，那件剛好適合在辦公室穿。現在，只要完成我的詩就好了。我終於做了一些正當的事。我懷疑別人的人生是否也這麼充滿爆炸性又令人迷惑。但願這種慘痛的經驗只落在我一個人的身上，因為我真的不希望別人遭遇這些事。

我不知道他們會不會把我和老爸的生日一併慶祝，或是明天再舉行一次？一週吃兩次蛋糕，挺膩的。

天啊，又是生日！我快變成老女人了，至少已經十六歲了。我當小孩的日子彷彿只是昨天。

九月二十日

法蘭克打電話約我今晚出去時，我才剛睡醒。我告訴他，整個週末我都會和家人一起忙碌。他似乎很失望，但我想他會相信我的。總之，我聞到樓下在煎一大堆熏肉，我餓得想把我的被子吃下去。

拜拜。

又，老爸的生日超棒的！全家親密又溫馨，我們過得很愉快，不過晚點再說。

又，老爸喜歡我送的毛衣和祝賀詩。我想他比較喜歡詩，因為那是我特地為他寫的。朗讀時，他還擤鼻子。

稍後

大家都在樓下密謀，整個房子充滿令人垂涎的異國帝王級香味。我不曉得他們在幹什麼。媽、提姆和亞歷珊卓不肯讓我進客廳。他們叫我直接上樓洗澡、整理頭髮，直到我打扮成全世界最漂亮的人才能下樓。我不知道他們為什麼要我這樣做，不過好像挺有趣的。

稍後

你絕對絕對猜不到發生什麼事！喬爾來了！我知道他因為工作，拖延了註冊，但是……嗯，我還是不敢相信。小氣鬼。他已經來了整整四天。今天下午，我穿著牛仔短褲和老爸沾著白油漆的舊汗衫回家時，他就在客廳裡。他說我拖著腳步經過時，他差點想轉身回芝加哥；感謝上帝，我換了白洋裝和新涼鞋。他不敢相信我是同一個人。提姆和老爸大笑說，當他中午看見我時，他們必須把他綁在椅子上，否則無法讓他留下。

這是個有趣的夜晚，我相信他們是在開玩笑，但我真心喜歡這樣！喬爾看到我時，當著全家人吻我嘴唇，並且用力地擁抱我，直到我以為內臟和脊椎要像洋芋片般壓碎了。雖然有點尷尬，還是很貼心。

他們整個夏天都在計畫這件事，原以為我的生日只會像是老爸的後續餘興。結果反而是我生平最好的一次。喬爾送給我一枚白色琺瑯小花圖案的友誼戒指，我至死都會戴著。我當場戴上，真的很好看。爸媽送了我一直想要的皮夾克，提姆送我絲巾，亞歷珊卓做了花生糖給我，被老爸、喬爾和提姆吃掉了，討回老爸生日時被我吃掉的那一份。小亞歷珊卓真怪，她做得出比老媽和我更好吃的花生薄脆糖，而且不肯告訴我們祕訣，或許她把她天生甜美的部分靈魂溶化在糖裡面了。

我只和喬爾單獨在門廊臺階上相處了十分鐘，然後老爸開車送他回宿舍。我甚至忘了我們還有很多話要說，但我知道他以一種安靜、柔和、溫柔、永恆的方式愛著我。我們大半個晚上都牽著手，但是意義不大，因為亞歷珊卓一直牽著另一隻手，而提姆一直想把他拉走，要向他炫耀夏季收集到的東西。

嗯，如果我要六點起床練習面對明天，我最好快點睡。況且，我想要夢到美妙的今天，和今天過後的每一天。

九月二十一日

鬧鐘還沒響，我就醒了。才五點五分，我不知道整個街區還有誰也醒著，但我清醒到無法忍受。老實說，對於即將回到學校，我的內心慌亂不已，但我知道一定沒問題，因為我有喬爾和超級正直的新朋友，他們會幫我的。何況我比以前堅強。我知道我會更堅強。

以前認為我把你寫滿後，會再買一本日記，甚至會寫一輩子的日記或雜記。但現在我改變主意了。年輕時寫日記很好。其實，你讓我保持清醒上百、上千、上百萬次。但我想，當一個人長大後，應該能夠和人討論自己的問題及想法，而不是和自己的另一部分談論自己，就像你對我的意義。你同意吧？希望你能同意，因為你是我最親近的朋友，我永遠感謝你分擔我的眼淚與心痛、我的掙扎與奮鬥、我的喜悅與快樂。這在你特殊的方式上，都是挺精采的，我猜。

再見。

後記

本書的主人翁決定不再繼續寫日記後的三週去世了。她的父母看完電影回家，發現她已經死亡。他們報警，又通知醫院，但所有人皆愛莫能助。

是意外用藥過量？或有預謀的用藥過量？沒人知道，從某個角度看，這個問題並不重要。該擔心的是她死了，而且她只是當年吸毒去世的幾千人之一。

高寶書版集團
gobooks.com.tw

TN 214
去問愛麗絲
Go Ask Alice

作　　者　佚名（Anonymous）
譯　　者　李建興
編　　輯　林俶萍
校　　對　李思佳・林俶萍
企　　畫　陳鈺珊
排　　版　趙小芳
封面設計　蔡南昇・周世旻

發 行 人　朱凱蕾
出　　版　英屬維京群島商高寶國際有限公司台灣分公司
　　　　　Global Group Holdings, Ltd.
地　　址　台北市內湖區洲子街88號3樓
網　　址　gobooks.com.tw
電　　話　(02) 27992788
電　　郵　readers@gobooks.com.tw（讀者服務部）
　　　　　pr@gobooks.com.tw（公關諮詢部）
傳　　真　出版部　(02) 27990909　行銷部 (02) 27993088
郵政劃撥　19394552
戶　　名　英屬維京群島商高寶國際有限公司台灣分公司
發　　行　希代多媒體書版股份有限公司/Printed in Taiwan
初　　版　2015年 9 月

Go Ask Alice
SIMON PULSE
An imprint of Simon & Schuster Children's Publishing Division
1230 Avenue of the Americas, New York, NY 10020

Also available in a Simon & Schuster Books for Young Readers hardcover edition.
Manufactured in the United States of America
This Simon Pulse edition January 2006

國家圖書館出版品預行編目(CIP)資料

去問愛麗絲／佚名（Anonymous）著; 李建興譯 -- 初版.
-- 臺北市：高寶國際出版：希代多媒體發行, 2015.9
面；　公分. -- (文學新象；TN 214)
譯自：Go Ask Alice

ISBN 978-986-361-198-1(平裝)

874.57　　104015907

GOBOOKS & SITAK GROUP ©